Alles anders

Dieses Buch ist meinen Liebsten und Wichtigsten in meinem Leben gewidmet.

Vielen lieben Dank Jeannette, Julien-Paul & Leia-Sue.

Dirk Hansen

Alles anders

Kriminalroman

*Bibliografische Information der
Deutschen Nationalbibliothek:
Die Deutsche Nationalbibliothek verzeichnet diese
Publikation in der Deutschen Nationalbibliografie;
detaillierte bibliografische Daten sind im Internet über
http://dnb.dnb.de abrufbar.*

*© 2013 Dirk Hansen
buch@dirkhansen.de – www.dirkhansen.de*

*Herstellung und Verlag:
BoD – Books on Demand, Norderstedt*

ISBN: 978-3-7322-9006-2

Martin

Die Sonne schien durch das kleine Fenster und auf dem Tisch vor sich hatte Martin den Schreibblock platziert. „In meinem Leben habe ich nicht immer alles richtig gemacht", war auf die erste Seite gekritzelt. Martin lehnte sich zurück, zog an seiner Zigarette, stieß den Qualm nur langsam aus und versuchte dabei Ringe zu formen. Langsam merkte er die Entspannung, die durch seinen Körper floss und jetzt konnte Martin sein Leben langsam in Gedanken Revue passieren lassen.

In Martins Kindheit war Berlin noch geteilt und er wuchs im Märkischen Viertel auf, eine Trabantenstadt im Norden von West-Berlin. Als Neubausiedlung und Vorzeigeobjekt detailliert geplant, entwickelte das Märkische Viertel einen schlechten Ruf, der weit über Berlin hinausreichte. Martin konnte sich noch sehr genau an jenen Abend erinnern, als ein Mann im Nachbarhaus durch einen Sprung aus der zehnten Etage seinem Leben ein Ende setzte. Martin hatte zusammen mit seinen Eltern die Großmutter besucht und auf dem kurzen Fußweg von der Bushaltestelle nach Hause war irgendetwas anders als gewohnt. Die Fassaden der Hochhäuser waren in blaues Licht getaucht und dieses blaue Licht tanzte quasi auf den sonst so tristen Gebäuden. Als sie näher kamen sah Martin bereits die vielen Fahrzeuge von Feuerwehr und Polizei. Es hatte sich bereits eine Menschentraube gebildet und Martin bahnte sich den Weg zwischen den Beinen der Schaulustigen hindurch bis hin zu dem Absperrband. Doch in der nächsten Sekunde erschrak er so sehr, dass das Bild für den Rest seines Lebens ein fester und nicht löschbarer Bestandteil auf der persönlichen Festplatte in seinem Kopf wurde, zum Glück war der Mann bereits mit einem weißen Tuch abgedeckt worden. Wenn sich Martin heute an diesen Moment zurück erinnert, fällt es ihm schwer eine Meinung zu bilden, ob es entweder schadet in der Kindheit einen toten Menschen, wenn auch abgedeckt, zu sehen, oder aber ob so ein Erlebnis vielleicht auch durchaus förderlich sein kann. Zumindest gibt es nicht viele Situationen, die deutlich schlimmer sind, also ist es möglich, dass Martin mit dieser Erfahrung sozusagen abgehärtet wurde.

Leider haben diese Erkenntnisse Martin in seiner Schulzeit nicht wirklich weitergeholfen. Nicht in der ersten Klasse, als ein Klassenkamerad ein Streichholz in einen Benzinkanister warf und die dadurch ausgelöste Explosion so stark sein Gesicht und Oberkörper verbrannte, dass der Junge wenige Tage später seinen schweren Verletzungen erlag. Und auch nicht später auf dem Gymnasium, als sich zwei Mitschüler extra nach dem Unterricht verabredeten, um sich zu prügeln. Den ganzen Vormittag wurde schon klassenübergreifend über dieses Thema getuschelt: „Hast Du schon gehört? Nach der Schule wird es eine Keilerei geben, die beiden aus der achten Klasse haben sich schon wieder gestritten!" Bis zum Schulschluss hatte sich diese Angelegenheit so weit herumgesprochen, dass sich neben den beiden Protagonisten noch mehrere neugierige Schüler versammelt haben. Martin verfolgte die Gruppe, welche außerhalb vom Schulgelände einen Innenhof aufsuchte. Die Anwesenheit des Vaters von dem einen der beiden Streithähne fand Martin zuerst befremdlich, er konnte sich nicht vorstellen, dass ihn sein eigener Vater bei so einer Gelegenheit begleitet. Als der Mann arabischer Herkunft jedoch seinen Sohn während des Kampfes lautstark anfeuerte, konnte Martin nur noch mit dem Kopf schütteln. Der Streit wurde ohne Entscheidung jäh unterbrochen, als eine Anwohnerin ihr Unverständnis lautstark kund tat und mit der Polizei drohte. Die Gruppe löste sich daraufhin schnell auf.

Im Bus auf dem Heimweg dachte Martin über das soeben Erlebte noch einmal nach. Eltern haben doch auch die Aufgabe ihre Kinder zu beschützen und nicht irgendwelchen Gefahren auszusetzen. Zumindest das ist seinen Eltern immer irgendwie gelungen, auch nachdem sie sich getrennt haben. Ansonsten schneiden sie auf Martins persönlicher Bewertungsskala nicht so gut ab. Beide hatten grundsolide Berufe, der Vater Metzgermeister und die Mutter Verkäuferin, kennengelernt haben sie sich in der Fleischerei, in der sie beide seit einer gefühlten Ewigkeit arbeiten. Das war der Grund dafür, warum sie den Betrieb von ihrem gemeinsamen Chef übernahmen, als dieser in den Ruhestand ging und nicht für eigene Nachfahren gesorgt hatte. Das war kurz vor Martins Einschulung in dem Jahr des Mauerfalls. Erwartungsgemäß lief das Geschäft erfolgreich, Martins Eltern kannten die Metzgerei und alle relevanten betrieblichen Abläufe aus dem Effeff. Später expandierten sie passenderweise mit Eröffnung eines Partyservice. Der Vorteil der guten finanziellen Situation war der private Umzug, raus aus dem Märkischen Viertel rein in ein Einfamilienhaus. Der Nachteil war, dass sich Martins Eltern langsam aber sicher auseinander lebten. Die Trennung im vergangenen Jahr war dann nur noch die logische Konsequenz, einen konkreten Grund oder einen Auslöser gab es eigentlich gar nicht. Gut, nachdem Martins Vater aus dem Haus ausgezogen war, vögelte er Susanne, die neue und durchaus gutaussehende Fleischereifachverkäuferin aus der Metzgerei, von allen Kollegen liebevoll Susi genannt. Vielleicht hatte er mit Susi auch schon vorher was am Laufen, aber das interessierte Martin nicht wirklich, er konnte Susi sowieso nicht leiden. Bevor er sich mit seinem Vater traf, erkundigte sich Martin genau, dass Susi auf gar keinen Fall dabei war. Martins Mutter hatte auch nicht wirklich großes Interesse Susi zu begegnen und beendete ihr Engagement in der Metzgerei vollständig. Rückblickend konnte dieser Zeitpunkt als Wendepunkt der Situation in Martins Elternhaus mehr als eindeutig definiert werden. In dem Jahr als Martin die zehnte Klasse besuchte, meldete Martins Vater für die Metzgerei die Insolvenz an und Martin beschloss, das Gymnasium bereits mit dem Abschluss der mittleren Reife zu verlassen. Die Berufsausbildung zum Metzger blieb ihm so zumindest erspart, allerdings hatte Martin auch im Laufe der Oberschule sein Interesse an der Informationstechnologie enorm gesteigert. Somit wollte er auch unbedingt in diesem Bereich den Grundstein für sein weiteres berufliches Leben legen. Um die Jahrtausendwende in Berlin einen dazu passenden Ausbildungsplatz zu finden, erwies sich als nicht allzu schwer. Die Informationstechnologie wurde von vielen Unternehmen anders und viel intensiver genutzt als noch vor fünf Jahren, die Nutzung des Internets und die damit verbundenen Dienste wie z.B. E-Mail rückten immer mehr in den Mittelpunkt. IT-Dienstleister schossen wie Pilze aus dem Boden und so begann Martin seine Ausbildung bei einem etablierten IT-Systemhaus in dem Berliner Bezirk Charlottenburg.

Das Einfamilienhaus war aufgrund der finanziellen Situation nicht mehr zu halten und Martins Mutter zog zu ihrem neuen Freund nach Falkensee. Dieser und viele andere Orte liegen im sogenannten Speckgürtel, da sie sich zwischen der Berliner Stadtgrenze und dem Berliner Autobahnring befinden und somit bereits zum Bundesland Brandenburg gehören. Viele Familien zieht es dort hin, zum einen ist Berlin schnell und einfach zu erreichen, sowohl mit dem Auto als auch mit öffentlichen Verkehrsmitteln, zum anderen liegen die Grundstückspreise deutlich unter dem Berliner Preisniveau. Diesen strukturellen Vorteil erkannten auch viele Bauträger und somit entstanden im Speckgürtel viele interessante Neubauprojekte. Martin nutzte jedoch diese Situation, um fortan auf eigenen Beinen zu stehen. Der Vergütung im ersten Ausbildungsjahr angemessen, suchte er sich eine kleine Studentenbude im angesagten Bezirk Prenzlauer Berg. Martins Wohnung und Ausbildungsbetrieb lagen beide innerhalb des S-Bahn-Rings, welcher sich um die Berliner Innenstadt schlängelte und somit ein Gebiet mit überdurchschnittlicher Infrastruktur kennzeichnete. Somit war alles vorhanden, was Martin wichtig erschien. Eine bezahlbare Wohnung, Einkaufsmöglichkeiten für den alltäglichen Bedarf und zahlreiche Kneipen. Besonders interessant war die wirklich preiswerte Monatskarte für Auszubildende in Berlin, so konnte Martin auf ein eigenes Auto getrost verzichten. Seine Eltern hatten ihm zwar ein Sparbuch mit den Worten „das kannst Du bestimmt besser gebrauchen als der Insolvenzverwalter" übergeben. Aber Martin konnte schon immer sehr gut mit Geld umgehen und traf finanzielle Entscheidungen immer mit Bedacht. Der direkte Vergleich zwischen einem Auto und der Monatskarte mit allen Vor- & Nachteilen fiel deshalb zu Gunsten der BVG, dem Betreiber des öffentlichen Personennahverkehrs in Berlin aus. Anders sah das mit seiner Wohnung aus, Martin verbrachte nicht wirklich viel Zeit darin, aber die war ihm immens wichtig. Der Vermieter hatte ihm die Wohnung komplett renoviert übergeben, das Badezimmer war neu gefliest und mit neuen Sanitärobjekten ausgestattet worden. Die Wohnküche, das Schlafzimmer und der Flur wurden an Decken und Wänden weiß gestrichen, ein neuer Laminatboden war verlegt worden. Martin konnte sich somit voll und ganz auf die für ihn so wichtige Einrichtung konzentrieren und ihm fiel die Auswahl auch wirklich nicht schwer.

Möbel mit hochglänzenden weißen Elementen, für viele aufgrund des kühlen Erscheinungsbildes undenkbar, war für Martin das Maß aller Dinge. Er hatte überhaupt gar kein Problem damit, die komplette Wohnung in diesem Stil einzurichten. In dem Flur platzierte Martin einen Schuhschrank und ein Garderobenpanel. Die Einbauküche ließ er von einem der zahlreichen Möbelhäuser in Berlin planen, auch hier achtete Martin penibel genau auf ein ausgewogenes Preis-Leistungsverhältnis. Das Ergebnis war eine sehr moderne Küche in U-Form mit weißen Hochglanzfronten und Arbeitsplatten in Anthrazit, ein gemütlicher Tresen mit zwei Hockern trennte die Küche von dem Wohnbereich. In diesem stellte Martin eine zeitgemäße weiße Ledercouch, ein Sideboard und einen Schreibtisch, auf eine Schrankwand verzichtete er absichtlich. Das Schlafzimmer bot Platz für einen geräumigen Kleiderschrank, der bis kurz unter die Zimmerdecke reichte und neben den, selbstverständlich, weißen Hochglanzfronten auch mit einer mittig platzierten großen Spiegelfläche ausgestattet war. Trotz des breiten Bettes, Martin plante so wenig wie möglich Nächte alleine in seiner neuen Wohnung zu verbringen, wirkte das Schlafzimmer alles andere als eng. Martin nahm sich vor, von dem Sparbuch circa ein Drittel für die Wohnungseinrichtung aufzuwenden und da er jede Kaufentscheidung einer genauen Prüfung unterzog gelang ihm das auch. Das

Budget verkraftete sogar noch das eine oder andere nicht ganz unwichtige Accessoire. So zogen auch Zimmerpflanzen, asiatische Figuren, ein Sichtschutz für das Fenster im Schlafzimmer und eine Klobürste mit in Martins Wohnung.

In den ersten Wochen seiner Ausbildung durchlief Martin alle Aufgabegebiete. Das IT-Systemhaus hatte sich auf die ganzheitliche Betreuung spezialisiert. Eine umfassende Beratung, Auswahl der einzelnen Systemkomponenten, Administration der IT vor Ort oder auf Wunsch Auslagerung der IT-Verantwortung sowie Service, Support und Schulungen. Aufgrund dieser Spezialisierung konnten die Dienstleistungen somit auch branchenübergreifend angeboten werden und Martin gewann einen interessanten Einblick in die IT-Systeme von Unternehmen, Behörden und Organisationen. Diese Erfahrungen faszinierten ihn ungemein, insbesondere die Firmen mit einem deutlich erkennbaren wirtschaftlichen Interesse hatten es Martin angetan. Mit einem kurzen Blick in seine eigene Zukunft stellte Martin sich vor, geradezu im Geld zu schwimmen und diese Vorstellung befriedigte ihn zutiefst. Selbstverständlich war diese Befriedigung ganz anderer Art als jene, die er letzte Woche erlebte, als Martin in seiner Stammkneipe Jessica kennenlernte und sie beide dann zwangsläufig in seinem Bett landeten, um ein sexuelles Feuerwerk zu entzünden. In den Pausen genossen sie Champagner und als der neue Tag erwachte, waren sie mächtig erschöpft aber sehr, sehr glücklich. Die drei Ausbildungsjahre vergingen wie im Flug, in dieser Zeit konnte Martin sieben mehr oder weniger feste Beziehungen zu Frauen aufzählen. Sein ganz persönlicher Beziehungsrekord lag doch tatsächlich bei fünf Monaten. Das lag in erster Linie daran, dass Martin große Teile seiner Freizeit am Computer verbrachte, wobei der

Arbeitsplatz in seinem Wohnzimmer eher einer Kommandozentrale glich. Martin konnte nahezu jede Dienstleistung seines Arbeitgebers zu Hause simulieren, mehr noch, Martin hatte gelernt zu programmieren und war in der Lage diese Dienstleistungen zu seinen eigenen Nutzen zu modifizieren. In seinem Freundeskreis konnte er alle PC-Probleme schnell und unkompliziert lösen, dass Martin nach einer solchen „Reparatur" auch den kompletten E-Mail-Verkehr mitlesen konnte, behielt er dann doch lieber für sich. Zumindest kannte er somit die Gründe, warum seine Beziehungen nicht sehr lange hielten. Immer wenn einer seiner Freundinnen ihren Status in Ex-Freundinnen wechselte, nutzen diese vermehrt die Möglichkeiten von E-Mails, um der besten Freundin die Neuigkeiten mitzuteilen. Tanja ging bei einer E-Mail sehr ins Detail: „Ich saß in sexy Dessous auf seinem Sofa und törnte ihn mit Dirty Talk an, aber er glotzte immer nur zu auf seine Monitore! Was zum Teufel hätte ich denn noch tun sollen? Mich unter seinen Schreibtisch knien, um ihm einen zu blasen?", schreib sie ihrer Freundin Yvonne. Martin fand das fast amüsant und einige Tage und viele E-Mails später hatte sein persönliches Interesse an Yvonne ein fast unvorstellbares Ausmaß angenommen. Und nach ein paar Wochen Beziehungspause nahm dann Yvonne den Platz von Tanja an Martins Seite ein. Die Macht über andere Personen löste zum wiederholten Male eine tiefe Befriedigung in Martin aus, allerdings erinnerte ihn das Engelchen auf seiner einen Schulter mehr als deutlich an sein Unrechtsbewusstsein. Das Teufelchen auf der anderen Schulter animierte Martin bereits, Überlegungen anzustellen, ob und wie es möglich wäre daraus einen finanziellen Vorteil zu erzielen. Immerhin fand Martin seine Abschlussprüfungen aktuell als deutlich wichtiger und vertagte das Thema erst einmal. Martin absolvierte seine Berufsausbildung mit überdurchschnittlichen Zensuren und das IT-Systemhaus bot ihm eine unbefristete und gut dotierte Position als Consultant an. In den folgenden Monaten betreute Martin eigenverantwortlich kleinere Unternehmen und konnte nun sein erworbenes Wissen und Können in der Praxis anwenden. Und der Erfolg gab ihm Recht. Nach nicht einmal zwei Jahren wurde er zum Spezialisten für die Finanz- & Versicherungsbranche befördert, nicht zuletzt weil er an der Entwicklung einer innovativen IT-Lösung maßgeblich beteiligt war. Diese Idee richtete sich an die zahlreichen selbständigen Agenturen, welche Versicherungen und weitere Produkte aus dem Finanzumfeld an private Kunden vermitteln. Trotz der hohen Anzahl an potentiellen Kunden in diesem Bereich, trifft für alle doch ein recht einfaches Schema zu. Neben dem Inhaber gibt es in der Regel nicht mehr als zehn Mitarbeiter, der größte Teil unterwegs im Außendienst, ausgestattet mit einem Laptop und einem Mobiltelefon. Das Tagesgeschäft bestand nun darin, so viele Termine wie möglich zu vereinbaren und diese dann wahrzunehmen. Genau an diesem Punkt konnte Martin nun seine Innovation anbieten. Ein neuer Server vernetzte alle Arbeitsplätze, die Laptops der Außendienstmitarbeiter wurden um eine mobile Lösung erweitert und somit in das Netzwerk eingebunden. Das Ergebnis konnte sich sehen lassen. Alle Kontakte und auch Termine waren zentral gespeichert, die Mitarbeiter im Außendienst konnten auf diese Daten und E-Mails jederzeit und überall zugreifen. Der Chef und seine Assistentin im Innendienst hatten einen Überblick über alle Termine sämtlicher Mitarbeiter. Ein exorbitanter Vorteil, insbesondere bei kurzfristigen Terminabsagen oder ungeplanten krankheitsbedingten Ausfällen von Mitarbeitern.

Es war spät geworden an diesem Dienstag. Martin wollte unbedingt noch mit der Präsentation für diesen wichtigen Kundentermin morgen fertig werden. Als er das Büro verließ, war es bereits kurz vor halb neun abends. Der Winter in Berlin hatte sich dieses Jahr noch Zeit gelassen, es war Mitte November und für diese Zeit mit knapp unter zehn Grad noch angenehm mild. Die S-Bahn-Station Savignyplatz erreichte Martin in nur wenigen Gehminuten, von dort aus waren es nur fünf Stationen bis zum Bahnhof Friedrichstraße. Ganze 220 Millionen Mark ließ es sich der Investor kosten, den ehemaligen Grenzübergang zu einem modernen Verkehrsknotenpunkt umzugestalten. Neben den unterirdischen Bahnsteigen für die Nord-Süd-Verbindungen der Berliner U- und S-Bahn und den oberirdischen Bahnsteigen für die S-Bahn-Linien in Ost-West-Richtung sind in der vierjährigen Bauphase die Empfangshalle und die Fassaden denkmalgerecht saniert worden. Der neu gestaltete Bahnhof umfasst eine Gesamtfläche von über 5.000 qm und bietet somit unter anderem Platz für über 50 Geschäfte. Die Haltestelle der Tram, welche Martin bis fast vor seine Wohnungstür chauffierte, befand sich direkt vor dem Bahnhof. Mehrmals wöchentlich nutze Martin deshalb die Möglichkeit, entweder morgens eine Kaffeespezialität zu genießen oder abends noch ein Happen zu essen. Wegen der fortgeschrittenen Uhrzeit entschied sich Martin heute nur für eine Laugenbrezel. Als er auf die Tram wartete, schaute er die Friedrichstraße entlang in Richtung Süden und genoss die prächtig gestaltete Weihnachtsbeleuchtung. Spontan entschied er sich für einen Spaziergang. An der nächsten großen Kreuzung konnte er mit einem Blick in Richtung Westen das Brandenburger Tor bestaunen. Sein Weg führte ihn weiter auf der Friedrichstraße südwärts, vorbei an zahlreichen Geschäften. Zu jeder Tageszeit ist diese unter Berlinern und Touristen gleichermaßen beliebte Einkaufsstraße gut gefüllt, zur Weihnachtszeit scheint sie allerdings aus allen Nähten zu platzen. Verträumt ließ sich Martin von den Menschenmassen weitertreiben. Schlagartig wurde allerdings sein Interesse geweckt, als er einen adrett gekleideten, jungen Mann entdeckte, welcher hektisch in sein Mobiltelefon sprach. Die wenigen Wortfetzen, die Martin verstand, veranlassten ihn stehenzubleiben. Er positionierte sich so, dass der junge Mann direkt hinter ihm stand. Martin tat so, als ob er die Auslagen in dem Schaufenster vor ihm bestaunte, konzentrierte sich aber voll und ganz auf das Telefonat hinter seinem Rücken. „Das wäre der Deal meines Lebens gewesen", hörte er den jungen Mann sagen. „Nur weil ich diese scheiß E-Mail zu spät gelesen habe!" Im Schaufenster spiegelte sich der Mann und Martin konnte erkennen, wie er sich die Haare raufte, so dass seine Frisur nicht mehr ganz so perfekt saß. „Und das bei diesem todsicheren Tipp in dieser Konstellation heute, so eine Scheiße!" Genug gehört, Martin hatte nichts zu verlieren und ging mit vollem Risiko in die Offensive. Er trat einen Schritt zurück und rempelte den jungen Mann so stark an, dass dem sein Mobiltelefon aus den Händen glitt und zu Boden fiel. „Ach herrjeh, entschuldigen Sie bitte vielmals", sagte Martin. Völlig verdutzt schaute der Mann erst Martin an, hob dann sein Mobiltelefon auf. „Jan? Bist Du noch da? Jan? Hallo? So ein Mist!", rief er hinein. Nach ein paar Sekunden klappte er das Mobiltelefon zu und schaute wieder Martin an. „Wir hatten kein Glück und dann kam auch noch Pech dazu", sagte Martin. Der junge Mann schaute jetzt noch verdutzter. „Entschuldigen Sie bitte, ich möchte wirklich nicht unhöflich sein, aber als ich diesen tollen Anzug hier im Schaufenster bestaunte, ließen Sie mir gar keine Chance, Ihr Telefonat nicht mitzubekommen. Sie standen ja auch direkt hinter mir", log Martin. „Aber…", stotterte der junge Mann, als Martin ihn direkt unterbrach. „Und das alles wegen einer beschissenen E-Mail, ich kann Ihnen helfen, dass dies nicht noch einmal passiert. Mein Name ist Martin." Sofort registrierte Martin bei seinem Gesprächspartner eine gewisse Neugier, welche die eventuell vorhandene Empörung einfach so wegwischte. „Ach ja? Na da bin ich ja mal gespannt. Ich heiße Patrick", antwortete der junge Mann „und ich glaube wir können uns duzen, oder?" Das Eis war gebrochen, das lief doch prima. „Einverstanden", antwortete Martin, „lass uns doch was trinken gehen, dann kann ich Dir alles in Ruhe erklären."

In einer der zahlreichen Cocktailbars suchten sie sich einen Platz in einer ruhigen Ecke. Patrick orderte einen *Long Island Iced Tea*. Alleine der Gedanke an diesem Gemisch aus Gin, Rum, Wodka, Tequila und Orangenlikör löste bei Martin ein unangenehmes Gefühl aus. Er verträgt Alkohol nicht so gut und da halfen der Zitronensaft und die Cola, welche bei dieser Longdrink Rezeptur noch fehlten, auch nicht wirklich. Allerdings wollte er jetzt auch nicht als Warmduscher dastehen und entschied sich für einen *Cuba Libre*, der mit dem Rum wenigstens nur eine Sorte Alkohol enthält. „Jetzt erzähl doch mal, warum ist es für Dich so unheimlich wichtig, dass Du Deine E-Mails so schnell wie möglich liest?", eröffnete Martin das Gespräch. „Kennst Du Dich mit Börsengeschäften aus?", fragte Patrick. „Nein, nicht wirklich", erwiderte Martin, „aber wenn ich jetzt eins und eins zusammenzähle, sind dabei die richtigen Informationen zum richtigen Zeitpunkt enorm hilfreich, oder?" Der Kellner servierte die Longdrinks. „Du hast es auf den Punkt gebracht!", fing Patrick an, unterbrach kurz, um an seinem Trinkhalm zu ziehen, „Eigentlich ist es trivial, Du musst den optimalen Zeitpunkt zum Kaufen und Verkaufen erwischen." Martin beobachte sein Gegenüber genau. „Dabei ist es völlig egal, ob Du mit Aktien, Devisen oder Rohstoffen handelst.", erklärte Patrick. „Interessant. Sag mal, arbeitest Du im Börsenumfeld?", fragte Martin. Patrick lächelte und antwortete: „Nein, ich bin selbständiger Immobilienmakler. Börsengeschäfte sind eher mein Hobby, allerdings gab es Monate, in denen ich damit deutlich mehr Geld verdient habe als in meinem Hauptjob. Und Du? Welchen Job hast Du, damit Du mir weiterhelfen kannst?" Martin zog die Augenbrauen hoch, er hatte das Gefühl, die Kontrolle über das Gespräch zu verlieren, ließ sich dies aber nicht anmerken. „Ich bin Consultant in einem IT-Systemhaus und bin für Kunden aus der Versicherungsbranche verantwortlich. Ich möchte Dir gerne etwas zeigen." Martin rückte mit seinem Stuhl ein wenig zu Patrick, zog seinen Laptop aus der Tasche und stellte diesen aufgeklappt auf den Tisch. Er stellte eine mobile Verbindung zum Internet her und öffnete anschließend sein E-Mail-Programm. „Das kennst Du sicher, oder? Aber jetzt pass mal auf!", kommentierte Martin sein Handeln. Er schaute kurz auf seine Uhr und erstellte dann einen neuen Termin in seinem Kalender. In dem Feld Betreff tippte er *Cocktailbar mit Patrick*, bei dem Zeitpunkt wählte er das heutige Datum und die gerade aktuelle Uhrzeit aus. Nachdem er diesen Termin gespeichert hat, schrieb er noch eine E-Mail an sich selbst mit dem Betreff *Test*. Nachdem er diese versendet hatte, kam natürlich direkt das Signal für eine neue E-Mail. Dann griff Martin in seine rechte Manteltasche und holte seinen BlackBerry hervor. Das Gerät zeigte bereits mit einer kleinen roten Lampe an, dass neue Ereignisse vorlagen. Martin tippte auf den BlackBerry und schob diesen zu Patrick hinüber und sagte: „Schau mal, ich habe eine neue E-Mail und der Termin ist auch schon eingetragen." Patrick benötigte ein paar Sekunden, um zu begreifen, was genau eben gerade geschehen war. „Das ist ja geil! Du kannst Deine E-Mails also auch unterwegs lesen?" Jetzt lächelte Martin, wohl wissend, dass er mit dieser kurzen Vorführung wieder die Gesprächsführung übernommen hatte. „Mehr noch!", antwortete er, „der BlackBerry synchronisiert automatisch E-Mails, Termine und Kontakte in Echtzeit mit dem Server. Somit haben Dein Laptop und der BlackBerry immer den gleichen Stand." Patrick überlegte kurz und murmelte dann: „Aber ich habe gar keinen eigenen Server." Als ob Martin auf diesen Satz gewartet hatte, konterte er sofort: „Siehst Du, genau dabei kann ich Dir weiterhelfen." Patrick runzelte die Stirn. „Und wie?", fragte er. Martin antwortete wieder ohne zu zögern. „Ich habe einen eigenen Server. Ich baue mir gerade ein zweites Standbein auf und möchte gerne diese E-Mail-Lösung Ein-Mann-Unternehmern wie Dir anbieten. Wozu in einen Server investieren, wenn man einen kleinen Teil davon bei mir für schmales Geld mieten kann." Martin genoss einen großen Schluck von seinem *Cuba Libre*. „Klingt überzeugend", sagte Patrick. „Vielen Dank! Und…", Martin legte bewusst eine kleine Pause ein, „…ich möchte Dir diese Lösung kostenfrei zur Verfügung stellen, wenn Du bereit bist, mir auch zwei Gefälligkeiten zu erweisen." Patricks Glas war leer und der *Long Island Iced Tea* schien langsam zu wirken. „Das kommt natürlich auf die Gefälligkeiten an. Aber keine Sauereien!". Der letzte Satz war nur schwer zu verstehen, da Patrick fast gleichzeitig zu kichern begann. Martin lachte kurz. „Nein, es ist deutlich harmloser. Ich möchte gerne den einen oder anderen Börsentipp, das muss ich unbedingt auch mal ausprobieren." Patricks Augen funkelten. „Na das ist wirklich harmlos. Und was noch?" Martin druckste kurz herum bevor er antwortete: „Ich möchte gerne die Anderen kennenlernen." Patrick wirkte erstaunt. „Welche Anderen?". Martin lehnte sich zurück. „Patrick, jetzt mal Butter bei die Fische! Da gibt es Jan, der sehr genau die Auswirkungen Deiner zu spät gelesenen E-Mail kennen muss. Und ich bin mir sicher, dass ihr beide nicht nur ein Duett darstellt." Patrick zuckte zusammen. „Das ist leider nicht ganz so einfach, Du hast natürlich Recht. Jan ist übrigens auch Immobilienmakler und die Idee mit der Börse ist letztes Jahr während einer Weiterbildung abends in einer gemütlichen Runde entstanden. Nun ja, und jeder kennt natürlich irgendjemanden der uns mit Informationen versorgt. Jan und ich sind gelernte Bankkaufleute und aus der Ausbildung kennen wir noch Leute, die heute, sagen wir mal, im Börsenumfeld arbeiten." Martin registrierte die Reaktion von Patrick und verglich diese bildlich mit einer Schnecke, die sich in ihr Schneckenhaus zurückzog. Martin wollte das gewonnene Vertrauen zu Patrick jetzt nicht unnötig gefährden. „Dafür habe ich natürlich Verständnis", fing er an, „ich schlage vor, dass ich Dir die komplette Lösung einrichte, ich habe sogar noch einen BlackBerry als Vorführgerät. Du gibst mir dafür ein paar Tipps und Deine Bekannten lerne ich halt später kennen. Wenn Du erst einmal restlos überzeugt bist, kannst Du meine Lösung ja auch weiterempfehlen. Dann hast Du auch gleich einen Grund, warum Du mich persönlich vorstellst. Was hältst Du davon?". Die Entspannung war Patrick förmlich anzusehen. „Damit bin ich einverstanden. Dann lass uns doch die nächsten Tage treffen, damit ich direkt loslegen kann. Hier ist meine Visitenkarte." Martin nahm sie entgegen und legte sie vor sich auf den Tisch. „Oh, danke, hier hast Du auch meine, ich rufe Dich spätestens Ende der Woche an, ist das o.k. für Dich?". Patrick holte seine Brieftasche aus der Tasche. „Ja, das wäre super.

Martin, ich freue mich, Dich kennengelernt zu haben. Ich lade Dich ein." Patrick signalisierte dem Kellner, dass er bezahlen wollte. „Vielen Dank, ich freue mich auch über unsere Begegnung." Patrick bezahlte die Rechnung, anschließend verließen sie die Bar und verabschiedeten sich. Patrick winkte sich ein Taxi heran, öffnete die hintere Tür und setzte sich auf die Rücksitzbank. Nachdem er noch einmal kurz die Hand hob, zog er die Tür an sich heran, um diese zu schließen und das Taxi fuhr los.

Martin war sehr zufrieden, so zufrieden, dass er sich jetzt selbst belohnen wollte. Ein Besuch in einem erotischen Massagesalon erschien ihm sowohl vom Anlass, als auch vom finanziellen Aufwand als durchaus angemessen. So ein Etablissement befand sich ganz in der Nähe von Martins Wohnung, er sah es jedes Mal, wenn er mit der Tram dort vorbeifuhr und schon öfters hat er mit dem Gedanken gespielt, diese Dienstleistung in Anspruch zu nehmen, heute sollte es soweit sein. Kurze Zeit später betrat Martin die Räumlichkeiten, er wurde freundlich begrüßt und gefragt, wie ihm weitergeholfen werden kann. „Ich bin das erste Mal hier", stammelte Martin ein wenig schüchtern. „Das macht doch nichts, ich helfe Dir gerne, den genau richtigen Service auszuwählen", antwortete die gutaussehende junge Frau, welche hinter eine Art Tresen stand. „Für das erste sinnliche Erlebnis bei uns empfehle ich Dir die klassische Massage über 30 Minuten. Die Damen sind auch nackt, massieren Deinen ganzen Körper und zum Schluss kommt dann die Handentspannung. Der Preis wäre 50 Euro, Geschlechtsverkehr und Französisch bieten wir nicht an und ich bitte Dich auch die Damen nicht danach zu fragen." Martins anfängliche Nervosität war fast verschwunden. „Ja, gut, das würde ich gerne einmal ausprobieren." Die Frau zeigte auf drei Fotos vor sich auf dem Tresen, welche in etwa so groß waren wie DIN-A4-Blätter. „Heute sind Lilly, Helena und Olivia da, Lilly hat gerade einen Kunden, gerne kannst Du warten, Helena und Olivia sind frei und sofort verfügbar." Martin schaute sich die Fotos an und vergab in Gedanken nach seiner persönlichen Wertung eine Gold-, Silber- und Bronzemedaille. Lilly landete auf den dritten Platz, das war auch gut so, denn Martin hatte keine Lust zu warten. Die Haarfarben von Helena und Olivia bestimmten dann die Platzierungen eins und zwei. Helena hatte rotes und Olivia schwarzes Haar. „Ich möchte gerne Olivia", sagte Martin und tippte dabei auf ihr Foto. „Eine gute Wahl", die junge Frau lächelte verschmitzt, „dann bekomme ich von Dir 50 Euro, hier hast Du einen Bademantel, bitte gehe in das blaue Zimmer, im Vorraum findest Du eine Umkleide und eine Dusche. Wenn Du frisch geduscht das Zimmer betrittst, erwartet Dich Olivia bereits." Martin bezahlte und nahm den Bademantel in Empfang. Der Vorraum entpuppte sich als ein freundlich eingerichtetes Bad. Alles war sehr sauber. Martin entledigte sich seiner Kleider, benutze das WC, um seine Blase zu entleeren und huschte anschließend unter die Dusche. Nur mit dem Bademantel bekleidet, betrat Martin das blaue Zimmer. Er war angenehm überrascht. Die Einrichtung war modern, auch hier war alles sehr sauber und die indirekten Lichtquellen schafften eine außerordentlich gemütliche Atmosphäre. In der Decke befanden sich Lautsprecher, aus denen, in einer angenehmen Lautstärke, entspannende Musik drang. Olivia entzündete gerade die Kerzen, welche auf der Fensterbank standen. Dadurch hatte sie Martin den Rücken zugekehrt. Sie trug nur ein Negligé und High Heels. Martin starrte auf ihren wohlgeformten, runden Po und erschrak ein wenig, als die Tür zuschlug. Olivia drehte sich um, ihr langes schwarzes Haar ging weit über beide Schultern und brachte ihre schönen, großen Brüste noch mehr zur Geltung. „Hallo, ich bin Olivia und wie heißt Du?". Martin wusste gar nicht, wo er zuerst hinschauen sollte. „Ich heiße Martin." Olivia kam auf ihn zu und blieb direkt vor ihm stehen. In den hohen Schuhen war sie nur ein Hauch kleiner als Martin. Sie öffnete den Gürtel seines Bademantels und streifte diesen von seinem Körper. „Mach es Dir doch schon einmal auf dem Bett bequem. Ich bin gleich bei Dir. Möchtest Du, dass ich mein Negligé ausziehe?". Martin lag bereits auf dem Bett. „Wenn ich ehrlich bin, fände ich es besser, wenn Du es anbehältst. Und Deine Schuhe auch." Olivia schmunzelte. „Ganz wie Du möchtest. Bitte lege Dich ganz flach auf den Rücken." Martin gehorchte und sie kniete sich direkt hinter seinen Kopf. Sie fuhr ihm mehrere Mal sanft mit den Fingern durch das Haar und massierte dabei die Kopfhaut langsam, aber kräftig mit kleinen kreisförmigen Bewegungen. Danach hielt sie mit ihren warmen Händen beide Seiten des Gesichtes fest und fuhr mit den Daumen zärtlich von der Nase nach außen die Wangenknochen entlang. Mit den Fingerspitzen strich Olivia über die Augenlider und Augenbrauen und folgte anschließend den Konturen des Mundes. Martins Ohrläppchen rollte sie sanft zwischen Daumen und Zeigefinger. „Ist das schön?", wollte Olivia wissen. Martin antwortete jedoch nur mit einem leisen Stöhnen. „Leg Dich jetzt bitte auf den Bauch!". Martin war seine Erregung bereits deutlich anzusehen und er musste sein bestes Stück richtig positionieren, damit er sich flach auf den Bauch legen konnte. Olivia spreizte nun leicht ihre Beine, damit sie sich, weiterhin auf dem Bett kniend, auf Martins unteren Rücken setzen konnte. Sie massierte nun den gesamten Rücken mit langsamen Bewegungen und sanftem Druck. Nun stand sie kurz auf, umgriff mit ihren

Händen jeweils einen Knöchel und drückte diese nach außen. Martin begriff und half ihr dabei, indem er seine Beine im ausgestreckten Zustand ein wenig spreizte. Sogleich kniete sich Olivia zwischen seine Beine, um das wohlriechende Massageöl auf die Oberschenkel und Hüften mit flachen Händen zu verreiben. Jetzt fuhr sie mit ihren Fingerspitzen mehrere Male von der Taille langsam und sanft außen an den Schenkeln bis zum Knie hinab. Danach strich sie kräftig an den Innen- und Außenseiten der Schenkel nach oben, immer bis kurz vor die Genitalien, ohne diese zu berühren. Olivia legte ihre Hände auf Martins Po und streichelte diesen mit ausholenden Bewegungen von der Mitte zur Seite der Pobacken und lies die Kreise dabei immer größer werden. Sie knetete jede Pobacke einzeln gut durch. „Jetzt das Finale!", hauchte Olivia und gab Martin einen zarten Klaps auf seinen Po. „Dreh Dich wieder um und mach es Dir gemütlich." Martin befolgte dies und als er auf dem Rücken lag, streckte sich sein Penis steil nach oben. Olivia verschaffte sich Platz zwischen Martins Beinen, indem sie diese wieder leicht spreizte. Gekonnt massierte Olivia mit der einen Hand Martins pralle Hoden, um gleichzeitig mit der anderen Hand seinen Schwanz fest zu umschließen. Die langsamen aber geschickten Bewegungen, in Kombination mit der ausgiebigen Massage seiner Kronjuwelen, reichten völlig aus, um Martin fast um den Verstand zu bringen. Seine Erregung steigerte sich, obwohl das Tempo gleich blieb. Als Martin den sich anbahnenden Orgasmus durch lautes Stöhnen ankündigte, unterbrach Olivia jedoch abrupt ihre Behandlung, um nur wenige Sekunden später genau so weiterzumachen. Dieses Spielchen konnte sie noch dreimal wiederholen, doch dann schrie und stöhnte Martin, als er einen explosionsartigen und zugleich zutiefst befriedigenden Höhepunkt erlebte.

In den nächsten Tagen war Martin damit beschäftigt seinen Server bei sich zu Hause zu konfigurieren. Er legte weitere Benutzerkonten an und fuhr mehrere Testläufe mit dem Konto von Patrick, bis alles so funktionierte, wie er es sich vorstellte. Somit konnte Martin den versprochenen Termin halten. Er war sich ziemlich sicher, dass er Patrick nicht hundertprozentig vertrauen konnte. Einen Grund mehr, das kleine Hilfsprogramm, mit dem Martin sehr erfolgreich den E-Mail-Verkehr seiner Ex-Freundinnen auspähte, an die neue Situation anzupassen. Da er das Programm auf dem Computer seiner Opfer verstecken musste, damit es über das Internet mit seinem Server kommunizierte, wurde es früher oder später als schadhafte Software identifiziert und in der Regel ordnungsgemäß entfernt. Nicht so bei der Lösung mit dem BlackBerry. Martin war quasi der Systemadministrator seines Servers, ein unschlagbarer Vorteil. Die Computer der einzelnen Benutzer waren ganz offiziell mit Martins Server verbunden, sogar über eine gesicherte Verbindung. Somit entschied er sich erst einmal für die Variante, alle E-Mails von Patrick mitzulesen. Martin war schon jetzt gespannt, welche Börsentipps er direkt von Patrick bekommen sollte und wie viele Informationen er sich über diesen kleinen Umweg einholen musste. Das Teufelchen auf seiner Schulter ging klar in Führung.

Am Freitagabend rief Martin dann bei Patrick an. Martin konnte Patricks Ungeduld fast durch das Telefon spüren. „Bekommst Du das mit dem BlackBerry noch dieses Wochenende hin?", fragte Patrick aufgeregt. „Ich habe soweit schon alles vorbereitet", antwortete Martin, „wenn Du möchtest, komme ich morgen zu Dir, um Deinen Computer einzurichten." Natürlich stimmte Patrick zu, sie verabredeten sich für 14:00 Uhr. Abends traf sich Martin noch mit zwei Arbeitskollegen, um ein paar Kneipen im Kiez zu besuchen. Gut ausgeschlafen und frisch geduscht, packte Martin am frühen Samstagnachmittag seine Computersachen zusammen und machte sich auf den Weg zu Patrick. Der wohnte in einem aufwendig sanierten Altbau inmitten von Wilmersdorf, einen Berliner Bezirk der nach einer Verwaltungsreform im Januar 2001 mit Charlottenburg zusammengelegt wurde. Kurz nachdem Martin klingelte, öffnete Patrick bereits die Tür. Sie begrüßten sich, indem sie sich abklatschten und dabei mit den Schultern kurz berührten. Eine moderne Methode, um eine Umarmung anzudeuten, aber nicht zu vollziehen. Besonders unter jungen Männern sehr beliebt. „Herzlich willkommen in meiner bescheidenen Hütte.", witzelte Patrick. Martin betrat den Flur, die Dielen waren abgeschliffen und neu versiegelt worden. Für die hohen Decken, eigentlich der besondere Charme einer jeden Altbauwohnung, hatte Martin wirklich rein gar nichts übrig. Patrick ging den langen, aber dafür schmalen Flur entlang, vorbei an zwei angelehnten Türen. Martin folgte ihm und konnte durch den kleinen Spalt der Türen, links die Küche, und rechts das Badezimmer erkennen. Die Dielen gaben bei jedem Schritt, die für ihr Alter typischen Geräusche wider. Es folgten wieder zwei Türen, die sich gegenüber lagen, beide jedoch weit geöffnet. „Hier ist mein Hobbyraum.", sagte Patrick und zeigte nach rechts im Vorbeigehen auf das Schlafzimmer. Martin hatte ihn noch nicht danach gefragt, aber diese Aussage deutete auf ein ähnlich abwechslungsreiches Beziehungsleben hin, wie er es selbst führte. Vielleicht war Patrick auch schwul. Je länger Martin darüber nachdachte, umso mehr wurde ihm bewusst, wie scheiß egal ihm das eigentlich war. Patrick bog links in das Wohnzimmer ab und bat Martin auf der Sitzgarnitur Platz zu nehmen. „Möchtest Du etwas trinken?", fragte Patrick. „Gerne, ein Mineralwasser bitte.", antwortete Martin. Er war schon im Flur, als Patrick laut rief: „Mit oder ohne Sprudel?". Martin schaute sich um. „Mit Sprudel.", rief er in Richtung Tür. Auf dem flachen Couchtisch stand der aufgeklappte, bereits eingeschaltete Laptop. Patrick kam mit zwei großen Gläsern, gefüllt mit sprudelndem Mineralwasser, zurück. Die beiden Trinkhalme wurden durch die Kohlensäure nach oben gedrückt und drohten jederzeit aus dem Glas zu fallen. Martin trank einen Schluck und stellte das Glas danach auf den Tisch. „Es wird nicht lange dauern", sagte Martin, „ein paar Einstellungen in Deinem E-Mail-Programm und dann muss ich Deinen WLAN-Router noch konfigurieren." Patrick runzelte die Stirn. „Keine Angst!", fuhr Martin fort, „hier zu Hause wirst Du die Veränderungen kaum merken, alles bleibt so, wie Du es gewohnt bist." Patricks Gesicht entspannte sich. Er war so leicht zu manipulieren, dachte Martin, das wird ein Spaß. „Hier ist Dein BlackBerry. Während ich hier alles einrichte, kannst Du Dich mit dem Ding schon einmal intensiv beschäftigen." Durch seine gute Vorbereitung war Martin in weniger als einer Stunde fertig und der Testlauf verlief auch erwartungsgemäß ohne weitere Probleme. „Na dann, herzlich willkommen in der Schönen, Neuen Welt", kommentierte Martin seine erfolgreiche Arbeit. „Wenn Du Fragen hast oder etwas nicht richtig funktioniert, ruf mich einfach an." Patrick schickte sich bereits zum dritten Mal selbst eine E-Mail. Seine Begeisterung glich dem eines kleinen Kindes, das vor einem bunt geschmückten Weihnachtsbaum steht. „Wow, das ist echt der Wahnsinn", rief Patrick, „vielen Dank." Martin zwinkerte mit dem rechten Auge, als er antwortete: „Danke mir mit dem einen oder anderen Börsentipp." Patrick lachte kurz und sagte dann: „Selbstverständlich, wie vereinbart!".

Ein umfangreiches Kundenprojekt verlangte Martins volle Aufmerksamkeit in seinem Job. Lange Arbeitstage, viele Überstunden und zahlreiche Abende am Schreibtisch zu Hause waren die Folge. Für private Belange blieb Martin wenig Zeit. Eines Abends fand er einen Moment und verglich die verschiedenen Angebote von Depotkonten. Martin entschied sich für einen eher unbekannten Online Broker. Für den notwendigen Identitätsnachweis war ein persönlicher Besuch in einer Postfiliale notwendig. Zweimal stand Martin nach einem langen Tag im Büro vor verschlossenen Türen, beim dritten Anlauf klappte es dann endlich. Nach drei Wochen konnte Martin das Projekt erfolgreich zum Abschluss bringen. Der erste freie Abend drohte fast langweilig zu werden. Martin starrte auf den verschlossenen Umschlag des Online Brokers, der schon seit Tagen auf seinem Schreibtisch lag. Er öffnete das Kuvert und fand darin das Willkommens-Paket mit umfangreichen Informationen. Martin rief die Homepage im Internet auf, loggte sich in den persönlichen Bereich ein, und stellte fest, dass seinen ersten Börsenerfahrungen nichts mehr im Wege stand. Bei der Eröffnung des Kontos entschied sich Martin mit einem Kapital in Höhe von 1.000 Euro zu starten. Dann fiel ihm auf, dass er von Patrick nicht mehr als drei E-Mails mit entsprechenden Börsenempfehlungen bekommen hatte. Martin öffnete den Administrationsbereich auf seinem Server und sah, dass Patrick 372 E-Mails empfangen und 136 E-Mails versandt hat. Martin hatte wenig Lust diese Datenflut zu sichten und programmierte daraufhin eine Software, welche E-Mails analysieren konnte. Seine Idee dabei war, dass Absender, Empfänger, Betreff und Inhalt der E-Mails in einer Datenbank abgelegt wurden. Jetzt war Martin in der Lage den E-Mail-Verkehr über seinen Server umfangreich auszuwerten. Eine Erkenntnis war, dass Patricks E-Mails grob überschlagen zu einem Drittel seine Immobiliengeschäfte betrafen. Ein weiteres Drittel waren private E-Mails und bei dem letzten Drittel ging es um seine Börsengeschäfte. Diese interessierten Martin am meisten und eine weiterführende Auswertung war noch detaillierter. Er konnte nun sehen, von wem Patrick die meisten E-Mails erhielt. Die ersten drei Plätze in diesem Ranking belegten tägliche Newsletter mit konkreten Empfehlungen für die verschiedensten Börsenplätze weltweit. Martin konnte erkennen, dass Patrik alle drei Newsletter kostenpflichtig abonniert hatte. Danach folgten die E-Mails von Jan und seinen anderen Börsenkumpels. Auch hier ging es immer um konkrete Tipps, die eine oder andere Aktie zu kaufen oder zu verkaufen. Bei den von Patrick versendeten E-Mails, zeigte sich, dass er ebenfalls Hinweise an Jan und die anderen schickte. Martin konnte neben Jan noch acht weitere Empfänger lokalisieren. Er verglich nun stichprobenartig die Inhalte der Newsletter mit den Inhalten der versendeten E-Mails. Die Truppe der Immobilienmakler hatte ein interessantes System entwickelt. Martin hatte inzwischen herausgefunden, dass qualitativ hochwertige Newsletter im Börsenumfeld nicht gerade günstig sind. Patrick und seine Freunde konnten so die Vorteile von knapp 30 Newslettern nutzen, teilten sich aber die immensen Kosten untereinander auf. Das war clever. Martin begann die neue Datenbank zu perfektionieren, indem die Inhalte der E-Mails automatisiert verglichen wurden. Dabei halfen Martin die sogenannten ISIN, zwölfstellige Buchstaben-Zahlen-Kombinationen, mit denen Wertpapiere eindeutig identifiziert werden. Alle Newsletter und sowohl Patrick als auch die anderen verwendeten die ISIN, um Verwechslungen vorzubeugen. Patricks E-Mail-Verkehr der letzten drei Wochen enthielten weit über 1.000 ISIN. Das Ergebnis des automatisierten Vergleichs war eine übersichtliche Tabelle, die für jeden Tag maximal zehn verschiedene ISIN mit den damit verbundenen Kauf- oder Verkaufsempfehlungen enthielt. Eine Sortierung sorgte dafür, dass die am meisten vorkommende ISIN ganz oben stand. Wenn gleich mehrere Newsletter an einem Tag über dieselbe ISIN berichteten, war das ein klares Indiz für einen sicheren Börsentipp. Die persönlichen Empfehlungen von Patrick an Martin fanden sich tatsächlich in der Tabelle wieder. Dennoch beschloss Martin diese nicht weiter zu beachten, denn er hielt jetzt ein weitaus wertvolleres Instrument in seinen Händen. Um ganz sicher zu gehen, simulierte Martin alle Empfehlungen von drei aufeinander folgenden Tagen aus der letzten Woche. Dafür trug er alle relevanten Werte in einem Excel-Arbeitsblatt ein. Das eingesetzte Kapital zum Zeitpunkt des Kaufes, das veränderte Kapital zum Zeitpunkt des Verkaufes. Dabei halfen ihm die Charts der einzelnen Wertpapiere, welche im Internet leicht zu finden waren. Und der Verlauf war insbesondere in den letzten sieben Tagen immer sehr genau abzulesen. Die Differenz zwischen den beiden Kapitalwerten ergab dann den Gewinn oder Verlust, hier zog Martin noch die Gebühren von dem Online Broker ab, die üblicherweise pro getätigten Handel berechnet wurden. In der Theorie setzte er immer nur 50 Prozent des verfügbaren Kapitals an, also für den ersten Handel 500 Euro. Dieser verlief mit einem Gewinn von 22 Euro erfolgreich. Für den nächsten Handel standen somit bereits 511 Euro Startkapital zur Verfügung. In diesen drei aufeinander folgenden Tagen waren 26 Empfehlungen verzeichnet, also umfasste das Arbeitsblatt somit 26 Zeilen. Martin hatte damit gerechnet, dass nicht alle Empfehlungen erfolgreich verliefen. Wirklich erstaunt war er aber über das Ergebnis. Nach diesen drei Tagen konnte er, wenn auch nur fiktiv, ein Kapital in Höhe von 1.092 Euro verzeichnen. Die letzten Zweifel waren verschwunden und Martin entschied sich für den Auftakt seiner Börsenkarriere. Gleich am nächsten Tag startete er mit echtem Geld. Seine eigene Regel, jeweils nur die Hälfte des aktuell verfügbaren Kapitals einzusetzen, befolgte Martin penibel genau.

Die Mikrowelle zeigte mit einem „Kling" an, dass sie ihren Dienst ordnungsgemäß erfüllt hatte und das Essen fertig war. Das Telefon klingelte, Martin sah flüchtig auf das Display. Patrick. Die Neugierde war größer als der Ärger um das versäumte Essen, zumal nur von der Mikrowelle zubereitet. „Hallo Patrick, wie geht es Dir? Funktioniert alles nach Deinen Vorstellungen?". Martin übertrieb ein wenig mit der Betonung. „Hallo Martin, ja alles bestens. Keine Probleme." Alles andere hätte Martin auch sehr verwundert. „Konntest Du etwas mit meinen Tipps anfangen?", fuhr Patrick das Telefonat fort. „Ich war in den letzten Wochen beruflich sehr eingespannt. Ich konnte aber zumindest schon einmal ein Depotkonto bei einem Online Broker einrichten." antwortete Martin wahrheitsgemäß, um dann mit einer Lüge fortzufahren: „Weiter bin ich aber noch nicht gekommen. Allerdings habe ich Deine Tipps hypothetisch nachgebildet." Martin pausierte absichtlich. „Ach echt? Interessant. Und? Mit welchem Ergebnis?", fragte Patrick. „Nun ja, ich ärgere mich, dass ich nicht die Zeit hatte, Deine Tipps direkt umzusetzen. Dann hätte ich jetzt mehr Geld als vorher." Martin musste aufpassen, dass seine Aussagen, halb wahr, halb gelogen, immer noch authentisch klangen. „Aufgeschoben ist ja nicht aufgehoben.", witzelte Patrick. „Genau", erwiderte Martin, „und die eine E-Mail pro Woche reicht auch völlig aus." Patrick schien nichts zu merken, denn er sagte: „Das ist ja alles steigerungsfähig. Aber warum ich eigentlich anrufe, hast Du heute Abend Zeit?". Martins Stimme stockte leicht, als er antwortete: „Äh, ja. Warum?". Patrick wirkte jetzt verlegen. „Ja, sorry. Das ist ziemlich kurzfristig, hat sich aber auch erst vorhin ergeben. Ich treffe mich nachher mit den Jungs." Martin wurde hellhörig, als er Patrick weiter sagen hörte: „Unser unregelmäßiger Börsenstammtisch. Ich habe auch schon einigen von meinem neuen Spielzeug erzählt." Diese Chance wollte Martin sich auf gar keinen Fall durch die Lappen gehen lassen. „Geht klar. Wo?", fragte er. Patrick nannte ihm das Lokal und erkundigte sich, ob Martin es kannte. Sie verabschiedeten sich.

Martin stand vor seinem geöffneten Kleiderschrank und probierte mehrere Kombinationen aus, um eine geeignete und für den Anlass angemessene Garderobe zu finden. Nachdem Martin die Kleidungsstücke ausgewählt hatte, legte er diese auf seinem Bett ab und verschwand unter die Dusche. Er spülte sich gerade das Shampoo aus seinen Haaren, als Martin eine deutliche Erregung spürte. In Gedanken stellte er sich vor, dass eine Frau zu ihm unter die Dusche kam. Sie umarmte ihn dabei von hinten, um ihn mit einer Hand zärtlich die Brust zu streicheln. Die andere Hand fand ihr Ziel weiter unten und knetete sanft seine Hoden. Wenig später wechselte die Frau ihre Position unter der Dusche und ging direkt vor Martin in die Hocke, um sich mit ihrem Mund seinem pulsierenden Schwanz zu nähern. Ihre Lippen schlossen sich wie eine Dichtung um seine pochende Eichel. Immer wilder ließ sie ihre geile Zunge über seine Schwanzspitze gleiten, immer gieriger saugte sie an seiner prächtigen Latte. Grelle Blitze durchzuckten seinen Kopf als Martin mit einer gewaltigen Explosion in ihrem Mund kam. Es dauerte ein paar Sekunden, bis

Martin vollends aus der Traumwelt zurückkehrte. Auf zittrigen Knien fiel im auf, dass sein letzter Sex schon wieder ein paar Wochen her war, auf einen Blowjob musste er sogar noch länger verzichten. Auch hier war dringender Handlungsbedarf.

Martin betrat pünktlich das Lokal und entdeckte Patrick zusammen mit sechs weiteren Männern an einem Tisch sitzen. Als Patrick ihn sah, stand er auf, begrüßte ihn kurz und sagte dann zu den Jungs: „Darf ich Euch vorstellen, Martin mein BlackBerry-Papst." Martins Blick folgte der gemütlichen Runde. „Hallo zusammen, freut mich, Euch kennenzulernen." Patrick zog den letzten freien Stuhl ein wenig zurück und bot Martin den Platz an. „Also, das ist Stefan", fing Patrick an, seine Freunde vorzustellen, „und hier sind Jan, Michael und Thomas." Martin nickte jedem einzelnen freundlich zu. „Zu guter Letzt haben wir dann noch Andreas und Marco", komplettierte Patrick seine Vorstellungsrunde. Der Kellner nahm die Bestellung von acht großen Bieren entgegen. Martin wollte sich jetzt nicht in endlose Diskussionen über Börsengeschäfte verzetteln. Den daraus zu erzielenden Informationsgehalt stufte er nach den Erfahrungen mit Patrick sowieso als eher unwichtig ein. Die oberste Priorität für Martin war jetzt so viele neue BlackBerry-Nutzer wie möglich zu gewinnen, am besten gleich alle sechs. Daher ließ er die Katze direkt aus dem Sack: „Was hat Euch Patrick denn über mich erzählt?", fragte er in die Runde. „Nun ja, nicht viel", antwortete Jan. „Er ist mächtig stolz auf seine neue Spielerei. Aber das, was er uns gezeigt hat, ist ja auch richtig geil", fügte Marco hinzu. „Ich würde Euch gerne auf denselben Wissensstand bringen", fuhr Martin fort, „habt Ihr etwas gegen eine kleine Vorführung?". Patrick musste die Jungs unglaublich angespitzt haben. Das Interesse war zu mindestens so groß, dass Martin keine Einwände feststellen konnte. Er stellte seinen Laptop auf den Tisch und bat Patrick seinen BlackBerry heraus zu holen. Inzwischen standen die Getränke auf dem Tisch und nachdem jeder mit jedem angestoßen hatte, nahmen alle einen großen Schluck. Martin entschied sich, die Demonstration mit einer Terminanfrage an Patrick zu starten. Durch die unmittelbare Annahme auf seinem BlackBerry, stand der Termin direkt in Patricks Kalender. Jetzt sendeten sich Martin und Patrick noch einige E-Mails hin und her, um diese danach gleich wieder zu löschen. Damit konnte die Synchronisation in Echtzeit am besten vorgeführt werden. „Habt ihr noch Fragen?". Martin sprach bewusst ein wenig lauter. „Was kostet denn der Spaß?", wollte Michael wissen. In einigen Seminaren hatte Martin gelernt, dass die Frage nach dem Preis ein eindeutiges Kaufsignal darstellt. Dennoch antworten gute Verkäufer jetzt nicht mit den Kosten, mahnten die Trainer in diesen Seminaren, sondern stellen vielmehr den Nutzen einer Lösung in den Vordergrund. „Eine sehr gute Frage, Michael, vielen Dank dafür", startete Martin seine ganz persönliche Kosten-Nutzen-Argumentation, „aber frage bitte Patrick, was es ihn gekostet hat, diese eine E-Mail zu spät gelesen zu haben." Martin zwinkerte Patrick zu. „Frage lieber nicht, Micha", begann Patrick sichtlich gequält, „aber damit hätte ich mal locker ein ganzes Jahr den BlackBerry-Dienst bezahlen können." Martin lehnte sich entspannt zurück. „Ich möchte aber auch Deine Frage beantworten, Michael", sagte Martin. „Den BlackBerry bekommt ihr im Rahmen einer Vertragsverlängerung meist sehr preiswert", fuhr er fort, „die notwendige Tarifoption kostet in der Regel nicht mehr als 10 Euro pro Monat. Eine gute Gelegenheit Eure aktuellen Mobilfunkverträge hinsichtlich der Kosten zu überprüfen." Martin vergewisserte sich mit einem Blick in die Runde, dass keine fragenden Gesichter vorhanden waren. „Für maximal zehn Nutzer stelle ich Euch meinen Server für nur 99 Euro pro Monat zur Verfügung", Martin wartete kurz, „wenn mehr von Euch mitmachen, wird es für jeden günstiger, das ist doch ein faires Angebot, oder?". Patricks Vorarbeit umfasste auch, dass alle hier am Tisch genau wussten, welcher Schaden durch die zu spät gelesene E-Mail entstanden ist. Da war sich Martin hundertprozentig sicher. Er hatte auch die möglichen Gesamtkosten für jeden einzelnen extra gering ausfallen lassen. Somit sollte auf jeden Fall sichergestellt sein, dass nicht die Kosten der Grund für eine Ablehnung waren. Die Wirtschaftlichkeit für die Vermietung des Servers stand ja auch nicht wirklich im Vordergrund. Vielmehr war es für Martin jetzt wichtig, so viel E-Mail-Verkehr mit börsenrelevanten Inhalten wie möglich über seinen Server laufen zu lassen. Mehr E-Mails bedeuteten zwangsläufig auch mehr verwertbare Informationen, die er abfischen konnte. Stefan, Jan, Thomas und Marco stimmten sofort zu. Michael und Andreas wollten noch ein paar Tage Bedenkzeit. Martin tauschte mit allen die Visitenkarten aus, mit dem Ziel, in den nächsten Tagen Termine zu vereinbaren.

Es waren nur noch wenige Tage bis Weihnachten. Martin konnte sich nicht wirklich darauf freuen. Im Grunde genommen hasste er Weihnachten und ganz besonders hasste er den ganzen Trubel und das Brimborium rund um die Feiertage. Und zum Feiern war ihm schon erst recht nicht zu mute. Gemeinsame Weihnachtsfeste gab es seit der Trennung von Martins Eltern nicht mehr. Anfangs ließ er sich noch hinreißen, den ersten Feiertag bei seiner Mutter und den zweiten Feiertag bei seinem Vater zu verbringen.

Allerdings hatte Jürgen, der Lebensabschnittsgefährte von Martins Mutter, zwei Kinder aus einer früheren Beziehung. Dieses Patchwork-Szenario fand Martin insbesondere zur Weihnachtszeit eher unangenehm. Die Weihnachtsbesuche bei seinem Vater waren Martin sowieso ein Dorn im Auge, da er auf Susi traf. Die beiden hatten es doch tatsächlich geschafft, noch eine Tochter in die Welt zu setzen. Alleine wegen der verbalen, meist in Babysprache gehaltenen, Äußerungen über seine ach so niedliche Halbschwester, hätte Martin jedes Mal kotzen können. Deshalb stellte er diese Besuche irgendwann ganz ein und verbrachte die Feiertage lieber alleine. Dieses Jahr trieb ihn aber die pure Lust auf Sex, Jessica wieder anzurufen. Seit ihrem One-Night-Stand zu Beginn seiner Berufsausbildung, hatte Martin nichts mehr von ihr gehört. Sie verabredeten sich in einem Café und schnell wurde klar, dass Jessica aktuell Single und das Interesse an ungezwungenen und unkomplizierten Treffen mit sexuellem Hintergrund immer noch vorhanden war. So verbrachten die beiden gemeinsam die Feiertage mehr oder weniger im Bett.

Das mittlerweile sechste Jahr in dem neuen Millennium fing für Martin verhältnismäßig entspannt an. Der Januar war erfahrungsgemäß ein ruhiger Monat in der IT-Branche. Martin konnte sich somit voll und ganz auf seine beiden privaten Projekte konzentrieren. Zum einen warteten die Immobilienmakler, alle hatten mit Martin einen Termin für die Einrichtung vereinbart. Auch Michael und Andreas hatten sich nun für diese Lösung entschieden. Zum anderen wollte sich das Kapital von Martin unbedingt an der Börse vermehren. Letzteres verlief bis auf ein paar wenige Fehlinvestitionen durchaus erfolgreich. Martin wertete seine Gewinne und Verluste pro Börsentag aus. Verlief ein Tag nicht so erfolgreich, konnte es durchaus vorkommen, dass sein Kapital schrumpfte, allerdings nie mehr als um zwei Prozent. Das lag vor allem an dem sogenannten Stop-Loss. Eine Handelsoption mit der eine Kursuntergrenze festgelegt wird, und beim Erreichen dieser Grenze eine Verkaufsorder ausgelöst wird. Martin nutze diese Option bei jedem Handel und platzierte einen Stop-Loss direkt nach dem Kauf kurz unterhalb seines Einstiegskurses. Fiel jetzt der Kurs, konnte Martin sein Verlustrisiko deutlich minimieren. Stieg der Kurs jedoch erwartungsgemäß, wurde der ursprüngliche Stop-Loss automatisch nach oben angepasst. Wenn der Kurs dann kippte, wurde die Verkaufsorder ausgelöst und dadurch der größtmögliche Gewinn erzielt. Die Gewinne fielen natürlich immer unterschiedlich aus und bewegten sich zwischen einem und sieben Prozent. In der Praxis bedeutete dies, dass Martin Mitte Januar bereits über ein Kapital in Höhe von 1.609 Euro verfügte. Nach und nach besuchte Martin die Jungs, um bei ihnen den BlackBerry einzurichten. Auch hier gab es keine größeren Komplikationen und nur wenige Wochen später wurden bereits acht Benutzerkonten, sein eigenes mitgezählt, auf Martins Server verwaltet. Jetzt erst konnte seine selbst programmierte Datenbank ihren vollen Leistungsumfang so richtig unter Beweis stellen. Mittlerweile registrierte Martin täglich im Schnitt circa 100 E-Mails mit börsenrelevanten Inhalten. Da die Truppe der Immobilienmakler die Empfehlungen aus den jeweiligen Newslettern untereinander per E-Mail austauschten, erfasste die Datenbank ein und denselben Tipp mehrfach. Dieser Umstand wiederum führte dazu, dass einzelne Empfehlungen fälschlicherweise eine bessere Platzierung in der Auswertung einnahmen. Die Reihenfolge sollte ja eigentlich die Anzahl der Erwähnungen von den ISIN in den verschiedenen Newslettern widerspiegeln. Also entwickelte Martin seine Datenbank dahingehend weiter, dass Mehrfachnennungen ausgefiltert und damit in der Auswertung nicht mehr berücksichtigt wurden. Das Ergebnis war dem, als nur Patricks E-Mails ausgewertet wurden, sehr ähnlich. Martin ärgerte sich, dass er diesen Umstand nicht vorher erkannt hatte. Der Ärger war aber nur von kurzer Dauer. Auf der Suche, wie er seine Datenbank noch weiter perfektionieren konnte, durchforstete Martin den kompletten börsenrelevanten E-Mail-Verkehr auf dem Server der letzten Tage manuell. Dabei stieß er auf mehrere E-Mails, die nur eine Schlussfolgerung zuließen: Jeder der feinen Immobilienmakler bezog noch weitere Informationen, welche aber anscheinend nicht mit den anderen geteilt werden sollten. Ein weiterer Beweis für Martins deutlich ausgeprägte Menschenkenntnis. War er sich doch fast sicher, Patrick nicht vertrauen zu können, so konnte Martin den Kreis der nicht vertrauenswürdigen Personen um alle Teilnehmer des Börsenstammtisches erweitern. Martin fand in diesen weiteren E-Mails ihm völlig fremde Begriffe. Es war von Optionen und Optionsscheinen die Rede. Oder Zertifikaten, gerne auch in Zusammenhang mit den Worten Turbo und Knock-out. Für Martin waren die notwendigen nächsten Schritte bereits klar definiert. Er musste sein Fachwissen im Börsenumfeld unbedingt aufpolieren. Und Martin wollte die Quellen dieser neuen Informationen so schnell wie möglich persönlich kennenlernen. Dabei kam ihm die geniale Idee, dass er diese beiden Aufgaben perfekt miteinander kombinieren konnte. Unter dem Vorwand, sich zu erkundigen, ob alles zufriedenstellend lief, rief Martin bei jedem einzelnen seiner BlackBerry-Nutzer an. In dem weiteren Gesprächsverlauf, signalisierte er jeweils großes Interesse an Börsengeschäften. Weiterhin fragte er direkt nach Möglichkeiten, auf diesem Gebiet ein persönliches

Coaching zu erhalten, selbstverständlich gegen Bezahlung. Der Tenor der Reaktionen wies keine großen Unterschiede auf. Mit diesen Anlageformen sind durchaus auch überproportionale Gewinne möglich, gleichzeitig bergen sie aber auch ein hohes Risiko, bis hin zu einem Totalverlust des investierten Kapitals. Und eine Beratung oder Schulung wäre eine gute Idee. Martin wurde dann in der Folge von fünf Personen kontaktiert. Es überraschte ihn wenig, dass er alle Namen bereits aus dem E-Mail-Verkehr kannte. Martin konnte diese Personen eindeutig als die noch fehlenden Quellen identifizieren. Er vereinbarte mit allen jeweils ein persönliches Coaching vorzugsweise bei ihm zu Hause. Martin lernte detaillierte Informationen kennen und fühlte sich bei seinen Börsengeschäften dadurch deutlich sicherer. Ganz nebenbei gelang es ihm, alle fünf Lehrmeister für seinen BlackBerry-Server zu gewinnen. Der Nutzerkreis erweiterte sich genau um die relevante Personengruppe. Und was sich noch erweiterte war das Kapital von Martin. Bis Ende Februar auf sage und schreibe 3.149 Euro.

Eher kleinere Projekte, allerdings resultierend aus vielen neuen Anfragen, bestimmten im Frühjahr überwiegend Martins beruflichen Tagesablauf. Darum war seine volle Aufmerksamkeit gefragt und entsprechend wenig Freizeit war die logische Konsequenz. Martins Börsengeschäfte blieben trotzdem nicht auf der Strecke. Seine Datenbank arbeitete voll automatisiert in Echtzeit und Martin hatte immer und überall Zugriff auf deren Auswertung. Wann immer eine aktualisierte Version verfügbar war, wurde Martin auf seinem BlackBerry informiert. So konnte er ohne Verzögerung reagieren. Ganz besonders interessant gestaltete sich hierbei der Handel mit Hebelzertifikaten. War Martin bisher immer auf steigende Kurse angewiesen, um einen Gewinn zu erzielen, profitierte er bei Zertifikaten auch bei fallenden Kursen. Das Investment erfolgte grundsätzlich in einen Basiswert, also Rohstoffe, wie Gold, Silber oder Kupfer, aber auch Indizes, wie der DAX oder Dow Jones sowie in Währungen. Durch den Hebel konnte Martin stärker von den Kursschwankungen profitieren, allerdings war das Risiko genauso hoch. Bei Einhaltung der gebotenen Disziplin, stellten diese Investitionen ein durchaus lohnendes Geschäft dar. Diese Erkenntnis spiegelte sich auch auf Martins Konto wider, dass Mitte des Jahres einen Saldo in Höhe von 26.450 Euro aufwies.

Martins Gehalt in Verbindung mit seiner ausgeprägten Sparsamkeit, reichte für ein angenehmes, fast schon überdurchschnittliches Leben. Er musste, zumindest nicht aus finanziellen Gründen, auf irgendetwas verzichten. Dennoch gefiel ihm sein neues Hobby. Und als Nebeneffekt, hatte das stetig steigende Kapital eine beruhigende Wirkung. Martin vermied es vorerst, seinen Lebensstil zu ändern. Seine eigentümliche Art, alles penibel zu planen, war aber der Grund, warum Martin bereits heute über bestimmte Dinge genauer nachdachte. So erkundigte er sich über die verschiedenen Möglichkeiten, Geldbeträge anzulegen. Martin achtete auch hierbei auf Details. Zinserträge waren ihm dabei genauso wichtig wie Einlagesicherungen. Auch diese Planungen waren alles andere als übertrieben. Denn den Jahreswechsel feierte Martin mit 501.395 Euro auf seinem Konto. Irgendwann einmal hatte Martin sich vorgenommen, mit spätestens 30 Jahren Millionär zu sein. Mit Blick auf seinen bevorstehenden 24. Geburtstag im nächsten Sommer ein durchaus realistisches Ziel.

Simon

Die Kindheit von Simon verlief weitestgehend normal. Keine Auffälligkeiten, wie es so schön heißt. Die Familie von Simon lebte in Zehlendorf, ein Ortsteil, der zu den wohlhabenderen Gebieten von Berlin zählt. Es war die klassische Beamten-Familie. Simons Vater leitete als Professor an der Freien Universität Berlin den Fachbereich Rechtswissenschaft. Die Mutter war Rektorin am Werner-von-Siemens-Gymnasium. Simon hatte noch einen fünf Jahre älteren Bruder. Seine Schwester war drei Jahre älter als er. Das großzügig geschnittene Einfamilienhaus wurde kurz nach der Geburt seiner Schwester bezogen. Gemütliche Abende im Kreise der Familie prägten das Alltagsbild. Gerne erinnerte sich Simon daran, dass seine Eltern auf fast jede Frage eine Antwort hatten. Natürlich, beide waren hoch gebildet. Manchmal berichtete Simons Vater aber auch über Projekte an der Universität. So vergibt das Meteorologische Institut alle Namen für die Tief- und Hochdruckgebiete, die das Wetter in Europa beeinflussen. Damit ist es, neben dem Wetterdienst der USA, weltweit die einzige Institution, welche Namen für Druckgebilde vergibt. Seit kurzem erfolgt die Namensvergabe in jährlich wechselndem Turnus: In geraden Jahren erhalten die Tiefdruckgebiete weibliche und die Hochdruckgebiete männliche Vornamen, in ungeraden Jahren ist dies umgekehrt. So war es selbstverständlich, dass auch über die verschiedenen beruflichen Perspektiven gesprochen wurde. Die beiden Geschwister von Simon hatten bereits ihre Karrieren im Öffentlichen Dienst begonnen. Simons weiterer Werdegang war somit praktisch vorgegeben, damit hatte er aber kein

Problem. Nach der Grundschule besuchte Simon das Gymnasium und schloss das Abitur als einer der besten des Jahrgangs 2002 ab. Er interessierte sich für ein Studium an der Hochschule für Recht und Wirtschaft Berlin. Mit dem klaren Ziel vor Augen, bei der Kriminalpolizei zu arbeiten, bewarb er sich für den Studiengang Polizeivollzugsdienst. Die Studienplätze wurden vom Polizeipräsidenten in Berlin vergeben. Die fachliche Qualifikation brachte Simon durch die sehr gute Abiturnote mit. Es standen noch sportliche und gesundheitliche Überprüfungen aus, bevor Simon die Zusage bekam, dass er das Studium beginnen konnte.

Am Anfang stand ein Berufseinführungspraktikum. Simon erhielt einen Überblick über die Organisation und die Aufgaben der Berliner Polizei. Dieses dauerte lediglich eine Woche und war eine positive Darstellung der zukünftigen Aufgabengebiete. In den ersten beiden Semestern wurde das notwendige theoretische Wissen vermittelt. Einsatz- und Verkehrslehre, Kriminaltechnik und der bunte Strauß an Rechtswissenschaften: Staats- und Verfassungsrecht, sowie Polizei- und Ordnungsrecht, Strafprozessrecht, Verkehrsrecht und Zivilrecht. Die von vielen Studierenden gefürchtete Rechtsmedizin durfte dabei auch nicht fehlen. Begleitet von Besuchen in dem Leichenschauhaus in der Berliner Invalidenstraße. Dort stand dann die beobachtende Teilnahme an Obduktionen auf dem Stundenplan. Das komplette dritte Semester füllte das Grundpraktikum. Hier sollte in ausgewählten Dienststellen der Polizei das bislang erworbene Wissen, unter Anleitung, in die Praxis umgesetzt werden. Neben der Aufnahme von Anzeigen und den Grundsätzen bei Straftaten, standen jetzt auch die Waffen- und Schießausbildung genauso auf dem Lehrplan, wie ein Kommunikationstraining und die Fahr- und Sicherheitsausbildung. Weiterhin lernte Simon auf den Dienststellen die kriminalpolizeiliche Sofortbearbeitung. Hierzu zählten vor allem die Fertigung von Tatortberichten, die Teilnahme an Festnahmen und Durchsuchungen und das Zusammenstellen von Ermittlungsvorgängen. Im vierten Semester wurden dann die theoretischen Inhalte der ersten beiden Semester vertieft. Deutlich ausgeprägter wurden jetzt allerdings die Bereiche Rechtsmedizin und besonderes Ordnungsrecht behandelt. Weiterhin standen auch Seminare und Projekte auf dem Stundenplan. Im fünften Semester stand das Hauptpraktikum an. Die Festigung der bislang erworbenen Fähigkeiten und die Erweiterung des Erfahrungshorizontes standen hier im Vordergrund. Neben dem Üben von praktischen Einsatzsituationen und dem Kennenlernen von polizeilichen Maßnahmen aus besonderen Anlässen, nahm Simon an einem Verhaltenstraining zur Stressbewältigung teil. Das sechste Semester glich nahezu dem vierten und bereitete Simon auf die bevorstehende Staatsprüfung vor. Während des dreijährigen Studiums war Simon Beamter auf Widerruf und somit Kriminalkommissar-Anwärter. Er absolvierte das Studium mit einer überdurchschnittlichen Gesamtbewertung.

Kurz vor Ende des ersten Semesters lernte Simon seine Freundin Katrin kennen. Es war Liebe auf den ersten Blick. Katrin stammte auch aus einem gut situierten Elternhaus in Zehlendorf. In Simons drittem Studienjahr wagten dann beide das Projekt erste gemeinsame Wohnung. Sie fühlten sich wohl in der Umgebung ihrer Eltern. Die Suche beschränkte sich so auf den Südwesten Berlins. Katrin war ein Jahr älter als Simon und beendete vor kurzem ihre Ausbildung zur Bankkauffrau bei der Deutschen Bank. Sie wurde übernommen und war fortan in der Kreditabteilung der

Filiale im Ortsteil Lichterfelde beschäftigt. Lichterfelde gehört genau wie der Ortsteil Zehlendorf zu dem Berliner Verwaltungsbezirk Steglitz-Zehlendorf. Katrin und Simon fanden eine wirklich sehr schöne Wohnung. Beide Elternhäuser und die Arbeitsstelle von Katrin waren nur wenige Kilometer entfernt.

Simon konnte direkt im Anschluss an seinem Studium die Karriere als Kriminalkommissar starten. Berlin ist in sechs Polizeidirektionen aufgeteilt. Simons neuer Arbeitsplatz befand sich im Referat Verbrechensbekämpfung in der Polizeidirektion 4, welche die beiden Verwaltungsbezirke Steglitz-Zehlendorf und Tempelhof-Schöneberg, also quasi den kompletten Südwesten Berlins abdeckte. Das Gebäude des Referats befand sich im Ortsteil Lankwitz und Simons Arbeitsweg war damit nur geringfügig länger als der von Katrin. Das Hauptaufgabengebiet von Simon umfasste die kriminalpolizeiliche Sofortbearbeitung. Dies bedeutet eine möglichst zeitnahe Bearbeitung der unterschiedlichsten Straftaten. Und zwar Tag und Nacht in einem 12-stündigen Wechselschichtdienst. Simon und seine neuen Kollegen übernahmen die ersten kriminalpolizeilichen Ermittlungen. Dazu gehörten die Sicherung von beweisrelevanten Spuren am Tatort, die Befragung von Zeugen und die notwendigen Vernehmungen. Bei eindeutigen Verdachtsmomenten wurden erste strafprozessuale Maßnahmen eingeleitet. Alleine schon wegen der wechselnden Schichten, war Simon sehr bemüht, seine Karriere bei der Kriminalpolizei voran zu treiben. Seine absolut fehlerfreie Arbeitsweise, gepaart mit seinem tadellosen Verhalten, waren die Hauptgründe, dass Simon bereits ein halbes Jahr später in die Kriminalpolizeiliche Sachbearbeitung versetzt wurde. Hier war er als Springer in den verschiedenen Fachkommissariaten tätig.

Künftig führte er die begonnenen Ermittlungen von seinen ehemaligen Kollegen aus der Sofortbearbeitung fort. Da Simon alle Fachabteilungen abwechselnd unterstützte, lernte er schnell alle Facetten von Straftaten kennen. Hierzu zählten Wohnungs- und Geschäftseinbrüche, Diebstähle von und aus Kraftfahrzeugen, Rauschgift- und Raubdelikte, Vermisstenvorgänge, Todesermittlungsverfahren und der Bereich der Jugendgruppengewalt. Die Zielvorgabe bestand grundsätzlich immer in der Aufklärung der Straftaten und die Abgabe der Akten an die Staatsanwaltschaft.

Der einigermaßen geregelte Arbeitstag war einer der Hauptvorteile. Dies wirkte sich auch auf das Privatleben aus. Sicherlich, Katrin und Simon hatten beide einen sehr fordernden Job, Überstunden waren keine Ausnahme. Den größten Teil der Abende konnten sie dennoch gemeinsam verbringen. Nach nunmehr fast dreijähriger Beziehung, fand Simon, dass jetzt der richtige Zeitpunkt für den Heiratsantrag war. Simon war durch und durch Romantiker. Die Vorbereitungen für diesen besonderen Tag machten ihm große Freude. Er reservierte einen Tisch in einem, für seine hervorragende Küche bekannten, Restaurant. Ein Florist sorgte für eine angemessene Tischdekoration. Simon rief Katrin in der Bank an. Als sie sich meldete, hauchte er in das Telefon: „Hallo mein Schatz!". Katrin war erfreut und antwortete: „Hi, das ist aber eine Überraschung." Es wurde ihm direkt warm um sein Herz. Von Tag zu Tag liebte er Katrin mehr. Keine Spur von der gefürchteten langweiligen Gewohnheit. „Ich möchte heute mit Dir ausgehen", setzte Simon das Telefonat fort, „ich hole Dich um 18 Uhr in der Bank ab." Er war auf Katrins Reaktion gespannt. „Oh, gerne, da freue ich mich aber", hörte er sie sagen, „ich habe jetzt gleich einen Kundentermin und muss noch ein paar Sachen vorbereiten. Nicht böse sein, ja, bis nachher mein Schatz, Bussi!". Simon lehnte sich zurück. Er ging noch einmal alles in Gedanken durch, ob er auch bestimmt nichts vergessen hatte.

Für die gerade einmal 2.500 Meter lange Strecke von der Polizeidirektion 4 in Lankwitz bis zu Katrins Filiale am Kranoldplatz in Lichterfelde, benötigte Simon mit dem Auto nie länger als zehn Minuten. Heute wollte er auf gar keinen Fall zu spät sein und fuhr bereits um 17:40 Uhr los. Simon wählte die Route über die Frobenstraße, welche die Ortsteile Lankwitz und Lichterfelde verbindet. Dabei kreuzt sie auch die Kurfürstenstraße. Simon musste daran denken, dass es in dem Verwaltungsbezirk Tempelhof-Schöneberg auch eine Kreuzung Frobenstraße Ecke Kurfürstenstraße gab. Diese bildete allerdings das Zentrum von Berlins bekanntestem Straßenstrich. Täglich kommen mindestens 20, oft jedoch 40 bis 50 Huren in diesen Kiez, die meisten aus Osteuropa. Die Profis unter ihnen stehen an der Kurfürstenstraße. Der südliche Teil der Frobenstraße ist hingegen das Gebiet der Transen, überwiegend aus Lateinamerika. Als Simon in den Kranoldplatz einbog, ertönte im Autoradio der Jingle, welcher die Nachrichten ankündigte: „Guten Tag, auf den Punkt 17:49 Uhr, hier ist RTL aktuell und das sind unsere Themen…". Gegenüber von der Bankfiliale befand sich ein großer Parkplatz. Mittwochs und samstags war hier Wochenmarkt. Um diese Uhrzeit allerdings fand Simon schnell einen Parkplatz. Er konnte den Eingang der Bank aus dem Auto heraus gut erkennen. Dennoch stieg er aus, überquerte die Straße und stand nun direkt vor der Bank. Verschiedene Werbeplakate schmückten die großen Fenster. Immobilienkredite, Geldanlage und natürlich die Altersvorsorge. Simon entdeckte weiterhin eine Tafel mit

Immobilienangeboten. „Möchtest Du Deiner Prinzessin ein Traumschloss kaufen?", hörte er hinter sich eine vertraute Stimme sagen. Er drehte sich um. Katrin umarmte ihn und gab ihm einen zärtlichen Kuss auf seine Wange. „Aber nur, wenn Du mir vom Turm aus zuwinkst, wenn ich abends auf meinem weißen Pferd heimkomme.", antwortete Simon, der ironische Unterton war dabei nicht zu überhören. Fast gleichzeitig fingen beide an zu lachen. Simon nahm Katrin an die Hand. Sie gingen zurück zum Auto. Simon hatte ein gehobenes italienisches Restaurant in der Clayallee ausgewählt. Den Tisch hatte er zu 18:30 Uhr reserviert. Katrin und Simon betraten pünktlich die Räumlichkeiten. Der Kellner begleitete sie zu dem vorbereiteten Platz. Durch die Dekoration wirkte dieser im Gegensatz zu den anderen Tischen durchaus besonders. Die Bedienung empfahl einen Wein und reichte die Speisekarten. Als Vorspeise wählte Katrin das *Carpaccio vom Wildlachs mit einer Dill-Zitronen-Vinaigrette* und Simon den *Büffelmozarella mit Tomaten und Basilikum*. „Möchtest Du mir eigentlich den Grund verraten, warum wir heute in einem so tollen Lokal speisen?", fragte Katrin. Simon schaute sie lange an. Er war jedes Mal fasziniert von ihren wunderschönen Augen. „Ja, aber da musst Du Dich leider bis zum Dessert gedulden", antwortete er. Sie genossen den Wein und die Vorspeisen. Beide waren Fischliebhaber. Katrin wählte als Hauptgang den gegrillten *Yellowfin-Thunfisch mit Ingwer-Chili-Sauce im Salatbeet*. Simon die *Sea-Water-Jumbogambas halbiert zubereitet, vom Lavastein mit Zitronen-Olivenöl gebraten*. „Eine exquisite Wahl", bestätigte der Kellner, als er die Bestellung aufnahm. „Du spannst mich echt auf die Folter", sagte Katrin, „los, nun sag schon." Simon schüttelte den Kopf. „Geduld, mein Schatz, zum Dessert weißt Du mehr, das verspreche ich Dir.", erwiderte Simon. Die Hauptspeisen waren ein Hochgenuss. Katrin berichtete von einer lustigen Situation heute in der Bank. Simon lauschte ihren Worten. Bei der Nachspeise wählten beide das *kalte Trüffeleis in heißem Espresso*. Als dieses serviert wurde, umfasste Simon beide Hände von Katrin und sah sie direkt an. „Katrin, mein Schatz", fing er an, „die letzten drei Jahre mit Dir, waren die glücklichsten Jahre in meinem Leben." Katrin strahlte über ihr ganzes Gesicht. Im Kerzenschein kam dies besonders gut zur Geltung. „Gerne möchte ich noch viele weitere Jahre mit Dir erleben. Willst Du meine Frau werden?". Katrin schnappte nach Luft. Eine Träne kullerte ihr aus dem rechten Auge. „Ja, das möchte ich!", antwortete sie ohne zu zögern. Simon lies ihre Hände los und holte aus seiner Hosentasche eine kleine Schatulle heraus. Er öffnete diese und zum Vorschein kam ein Ring aus Platin mit einem kleinen Brillanten. Simon nahm das Schmuckstück aus der Schatulle und steckte ihn vorsichtig an den Ringfinger von Katrins linker Hand. „Der Ring ist wunderschön, Simon. Ich liebe Dich!", sagte sie. „So, jetzt rufen wir ein Taxi", sagte Simon, „und feiern zu Hause weiter. Dort wartet eisgekühlter Champagner auf uns." Katrin wirkte ein wenig erstaunt. „Du hast aber wirklich an alles gedacht.", sagte sie. Zu Hause angekommen, wartete die nächste Überraschung auf Katrin. Simon hatte seine Mittagspause genutzt, um die Wohnung zu präparieren. Der Tresen in der Küche war mit roten Rosen geschmückt. Zwei Champagnergläser warteten darauf, endlich gefüllt zu werden. Simon öffnete die Flasche und goss den Champagner vorsichtig in die beiden Gläser. Er reichte Katrin das eine Glas und erhob sein eigenes um mit ihr anzustoßen. Sie genossen einen Schluck von diesem edlen Tropfen. „Ich bin gleich wieder bei Dir.", hauchte Simon und verschwand in Richtung Schlafzimmer. Er hatte das Bett frisch bezogen, Kerzen und

Rosenblätter in dem gesamten Raum verteilt. Simon zündete alle Kerzen an. Als er zurück in die Küche kam, nippte Katrin gerade an ihrem Glas. Er nahm mit der einen Hand sein Glas und mit der anderen Hand seine Katrin und führte sie in das Schlafzimmer.

Katrin schaute sich sichtlich erstaunt um. Simon betrachtete dabei ihren wohlgeformten Körper. Er trat von hinten an sie heran, umarmte sie und verwöhnte dabei ihren Nacken mit seiner Zungenspitze. Seine Hände fanden die Knöpfe ihrer Bluse. Simon öffnete langsam Knopf für Knopf von oben nach unten. Katrin löste sich aus seiner Umarmung, trat einen Schritt zurück und zog langsam ihre Bluse aus. Sie setzte sich auf die Bettkante und umfasste jeweils mit einer Hand ihre beiden Brüste. Katrin spreizte leicht die Beine, dabei rutschte ihr enger Rock ein wenig nach oben. Simon starrte sie an, seine Erregung war ihm schon anzusehen. Er öffnete hastig die Knöpfe seines Hemdes, zog es aus und streifte sich das T-Shirt über den Kopf. Katrin bewunderte seinen durchtrainierten Oberkörper und machte mit ihrem Zeigefinger eine unmissverständliche Geste, dass Simon zu ihr kommen sollte. Er kniete sich vor ihr hin, schob den Rock weiter hoch und zog ihr ihren Slip aus. Als Simon mit seiner Zunge ihre Klitoris berührte, stöhnte Katrin leicht auf, lies ihren Oberkörper auf das Bett sinken und begann zu genießen. Ihre beiden Hände vergruben sich in Simons Haaren und dirigierten seinen Kopf genau an die richtige Stelle. Katrins gesamter Körper zuckte heftig, als sie den kaum endenden Orgasmus laut herausschrie. Simon stand auf, öffnete seine Jeans und lies diese und seinen Slip bis auf die Knöchel rutschen. Simon strampelte abwechselnd mit den Beinen, um sich den Kleidungsstücken ganz zu entledigen. Dabei wippte sein steifer Schwanz auf und ab.

Katrin beobachte dieses Schauspiel und rutschte, noch leicht benommen von ihrem Höhepunkt, etwas weiter auf das Bett. Sie wollte jetzt nur noch eines: Diesen prächtigen Apparat in ihrer immer noch feuchten Möse spüren. Simon kniete sich vor ihre weit gespreizten Beine und drang tief in sie ein. Seine immer schneller werdenden, rhythmischen Bewegungen brachten Katrin nahezu in Ekstase. Ihr zweiter Orgasmus ließ nicht lange auf sich warten. Nicht ganz so geil wie der erste, aber immer noch geil genug, dass Katrin diesen mit einem zufriedenen Stöhnen begleitete. Simon zog seinen Schwanz aus ihrer klatschnassen Fotze und legte sich fordernd auf seinen Rücken. Katrin kniete sich mit gespreizten Beinen über ihn, umfasste seinen pochenden Schwanz und beförderte diesen direkt in ihre Lusthöhle. Sie griff hinter ihren Rücken, um sich ihren BH zu öffnen. Im Kerzenlicht wurden ihre prallen Brüste besonders betont. Sie beugte sich nach vorne, so dass Simon gerade noch mit der Zungenspitze ihre harten Nippel berühren konnte. Dann richtete sie sich aber wieder auf und ritt Simon zu einem lang anhaltenden, gigantischen Orgasmus.

Wenige Tage später erhielt Simon die Nachricht, dass er zu einem Personalgespräch bei der Direktionsleitung eingeladen wurde. Es gäbe etwas Wichtiges zu besprechen und alles in allem war es ein erfreulicher Grund, mehr hatte Simon auf Nachfrage auch nicht herausfinden können. Zu dem Termin empfing der *Direktor beim Polizeipräsidenten*, so der offizielle Titel des Direktionsleiters, Simon persönlich. Die Begrüßung war betont freundlich, dabei aber nicht übertrieben. Der Leiter der Polizeidirektion 4 trug einen gepflegten und kurz gestutzten Vollbart. Im Bereich der Koteletten war das Haar bereits grau meliert. Die Seiten der Frisur waren ebenfalls kurz geschnitten, oberhalb der Stirn machte sich eine Glatze breit. „Guten Tag Simon, ich freue mich, dass Sie meiner Einladung gefolgt sind." Der Raum verfügte über eine Besprechungsecke mit einem runden Tisch und vier modernen Sesseln. Sie nahmen Platz. „Sehr gerne", antwortete Simon, „da ich über den Grund nicht weiter informiert wurde, bin ich natürlich auch ein wenig gespannt." Der Direktor lächelte. „Ich bin nun seit fast zehn Jahren Leiter dieser Polizeidirektion. Eine spannende Zeit, das können Sie mir glauben, Simon." Simon nippte an der Kaffeetasse. „Viele gute Polizistinnen und Polizisten habe ich, so gut wie ich konnte, unterstützt. Manchmal ist es sogar notwendig, besonders fähige Mitarbeiter loslassen zu können, weil sie an anderer Stelle benötigt werden." Der Direktor klopfte auf die vor ihm liegende Akte und nahm diese dann in die Hand. „Zur Sache", fuhr er fort, „Das Landeskriminalamt hat in den letzten Wochen die Akten und die Arbeit von ausgewählten Mitarbeitern ausgewertet, mit dem Ziel ein neues Dezernat zu gründen." Er blätterte in der Akte und Simon erkannte, dass es sich hierbei um seine Personalakte handelte. „Technologischer Fortschritt ist das Zauberwort. Durch die rasante Entwicklung der Computer und des Internets, hat sich nun auch in diesem Bereich die Kriminalität breit gemacht." Simon zog die Augenbrauen hoch. „Das Ganze wird dem Landeskriminalamt 3, also der Abteilung für organisierte Kriminalität, Wirtschaftskriminalität und Betrug untergeordnet sein. Die sitzen am Columbiadamm." Simon stellte die Tasse ab. „Simon, Sie wurden auch ausgewählt, jetzt liegt es an Ihnen. Ich soll mit einer Beurteilung die Auswahl entweder befürworten oder aber ablehnen. Wie gesagt, gerne begleite ich Ihre Karriere in meiner Direktion, allerdings stehe ich Ihnen auch nicht im Weg. Und wie ich Sie kenne, Simon, haben Sie sich bereits entschieden, oder?". Simon lehnte sich in dem Sessel zurück und faltete die Hände ineinander. „Was soll ich sagen. Ich bin natürlich begeistert. Aber auch Ihre Art mit dieser Sache umzugehen ist unglaublich fair. Das weiß ich zu schätzen. Sie haben aber Recht, meine Entscheidung ist gefallen, ich nehme diese spannende und neue Herausforderung beim LKA an." Der Direktor klappte die Akte zu. „Das freut mich für Sie. Ich wünsche Ihnen viel Erfolg. Gerne können Sie mich jederzeit anrufen." Beide standen auf und reichten sich die Hände.

Simons erster Arbeitstag in den Diensträumen des Landeskriminalamtes fiel mitten in die Fußballweltmeisterschaft, welche 2006 in Deutschland ausgetragen wurde. Es war der erste von den beiden spielfreien Tagen zwischen der letzten Partie im Viertelfinale und dem Halbfinale. Dennoch war in der ganzen Stadt eine knisternde Spannung zu spüren. Denn im ersten Halbfinalspiel stand mit Deutschland gegen Italien ein Klassiker an. Obwohl nach 90 Minuten immer noch kein Tor gefallen war, erlebte das Publikum ein spannendes Spiel mit einigen großen Chancen auf beiden Seiten. In der Verlängerung verstärkten die Italiener ihre Offensive, und so standen zu Spielende drei Stürmer auf dem Platz. Dieser für italienische Verhältnisse untypische Angriffsfußball zeigte schließlich auch Wirkung. In einer dramatischen Verlängerung war die italienische Mannschaft trotz einiger deutscher Chancen die überlegene. Schließlich schoss *Fabio Grosso* Italien in der 119. Minute mit 1:0 in Führung, *Alessandro Del Piero* konnte nur eine Minute später auf 2:0 erhöhen. Damit war der italienische Finaleinzug besiegelt. Eine schmerzliche Niederlage für Deutschland, bei der auch der große Traum vom Weltmeistertitel wie eine Seifenblase zerplatzte. Das Turnier insgesamt hinterließ durchweg schöne Erinnerungen. Das vierwöchige Sommerwetter und die Begeisterung von Zuschauern und Gastgebern sorgten für ausgelassene Stimmung. Auf den Rängen, beim Public Viewing und im Umfeld der Weltmeisterschaft, die in Deutschland in Anlehnung an Heinrich Heines *Wintermärchen* retrospektiv als *Sommermärchen* bezeichnet wurde.

Für das neue Dezernat Computerkriminalität wurden neben Simon noch sieben weitere Personen aus den Reihen der Kripo ausgewählt. Alle waren noch keine 30 Jahre alt, drei von ihnen waren Frauen. In den ersten Tagen haben sich die verschiedenen Abteilungen vorgestellt. Simon und seine neuen Kollegen bekamen so einen guten Überblick des Landeskriminalamtes vermittelt. Dieses ist auf mehrere Dienstgebäude rund um den Platz der Luftbrücke verteilt. Hierbei handelt es sich um einen Berliner Verkehrsknotenpunkt am Haupteingang des innerstädtischen Flughafens Berlin-Tempelhof. Das Hauptgebäude befindet sich am Tempelhofer Damm, welcher in Nord-Süd-Richtung westlich vom Flugfeld verläuft. Hier sind neben den operativen Diensten des Landeskriminalamtes auch die Abteilungen für organisierte Kriminalität und Bandendelikte, Teile der Ermittlungsunterstützung, sowie das Kompetenzzentrum für Kriminaltechnik untergebracht. In dem Gebäude direkt am Platz der Luftbrücke befindet sich der Polizeiliche Staatsschutz. Dieser ist für die Verhinderung und Bekämpfung politisch motivierter Straftaten zuständig. Nach der Einheit Deutschlands und der Ernennung Berlins zur Hauptstadt, erlangten die Sicherheitsbedürfnisse der Stadt eine neue Dimension. Erheblichen Anteil daran hatte der Umzug der Regierung nach Berlin. Die beiden Abteilungen Delikte am Menschen und grenzüberschreitende Kriminalität sind in weiter entfernteren Gebäuden einquartiert. In der kompletten zweiten Woche lernten die noch jungen Kriminalkommissare ihre neue Hauptabteilung kennen. Das Dienstgebäude befindet sich am Columbiadamm. Dieser mündet am Platz der Luftbrücke in den Tempelhofer Damm und verläuft in Ost-West-Richtung nördlich vom Flugfeld. Es wurden vier Gruppen mit jeweils zwei Personen gebildet. In dem Workshop durchlief jede Zweiergruppe die einzelnen Dezernate. Angefangen bei der organisierten Wirtschaftskriminalität, dann die Polizei- und Korruptionsdelikte. Ein weiteres Dezernat beschäftigt sich mit den Vermögens- und Fälschungsdelikten, also Verkehrsunfälle in betrügerischer Absicht, Telekommunikationskriminalität, Urkundendelikte und Sozialleistungsbetrug. Der Betrug in Zusammenhang mit Zahlungskarten rundete das Kennenlernen der Hauptabteilung ab. Viele Straftaten können so gezielt bearbeitet werden. In einigen Fällen sind die Ermittlungen allerdings auch dezernatsübergreifend notwendig. Jetzt standen Einzelgespräche mit dem Dezernatsleiter an. Er hieß Holger. Simon schätze ihn circa zehn Jahre älter als sich selbst ein. Holger war bereits seit acht Jahren beim Landeskriminalamt tätig. Während der Begrüßung schlug er Simon vor, sich mit dem Vornamen anzusprechen, jedoch weiterhin zu siezen. „Dies hat sich hier bei uns bewährt", hörte Simon seinen neuen Chef sagen. Auch Simon kannte diese Vorgehensweise, schätzte diese, und hatte dadurch nichts einzuwenden. „Simon, ich möchte Sie heute noch besser kennenlernen", begann Holger das Gespräch. „Zum einen erwarte ich von Ihnen ein Feedback zu den letzten beiden Wochen, also Ihre Kennenlernphase beim LKA". Holger zeigte auf die ungeöffneten Flaschen auf dem Tisch. „Bitte, bedienen Sie sich!". Simon griff nach einer Flasche Mineralwasser. Er öffnete diese mit dem Flaschenöffner und goss den Inhalt in ein Glas. Beides befand sich ebenfalls auf dem Tisch. „Und zum anderen?", fragte Simon.

Holger musste lächeln. „Aktives Zuhören, etwas anderes habe ich von einem guten Kriminalkommissar auch nicht erwartet. Zum anderen möchte ich nach den Gesprächen die vier Teams bilden." Holger schaute Simon direkt in die Augen. „Im Grunde genommen habe ich mich bereits entschieden. Die Personalakten waren dabei eine große Hilfe." Simon nippte an seinem Glas. „Und selbstverständlich habe ich natürlich mit den Kolleginnen und Kollegen gesprochen, die ihnen in den letzten Tagen das LKA etwas näher brachten." Simon stellte das Glas ab. „Jetzt bin ich aber durchaus gespannt", gab er zu. Auch jetzt lächelte Holger wieder. „Das glaube ich Ihnen gerne, Simon. Die Gespräche kann ich heute noch zum Abschluss bringen. Heute Nachmittag setzen wir uns dann alle zusammen." Holger öffnete sich ebenfalls ein Mineralwasser und trank direkt aus der Flasche. „Aber jetzt sind Sie erst einmal an der Reihe, wie waren denn die letzten 14 Tage?". In der Folge erläuterte Simon, wie er die Kennenlernphase beim LKA empfunden hat. Sein Feedback fiel ausführlich aus, obwohl er mehrere Stationen jeweils nur kurz kennengelernt hat. Die frühere Tätigkeit als Springer half ihm dabei. Auch hier musste er sich auf neue und dauernd wechselnde Situationen schnell einstellen. Zum Ende des Gesprächs bedankte sich Holger. „Vielen Dank Simon. Ihre Ausführungen haben meine bereits getroffene Wahl bestätigt. So viel sei schon verraten. Bis Nachher." Simon stand auf, bedankte sich ebenfalls für das Gespräch und verließ Holgers Büro.

In der Mittagspause trafen sich die acht neuen Kollegen in einer nahe gelegenen Pizzeria zum Essen. Bis auf die Vornamen und ein paar wenig geführte Small Talks hatten sie sich noch gar nicht richtig kennengelernt. Als sie das Restaurant betraten wurden Sie freundlich begrüßt. Der Kellner fragte in die Runde, ob er am Fenster drei kleinere Tische zusammenstellen soll. Die Entscheidung trafen die Männer alleine, da die drei Mädels an einem der Tische zwei Kolleginnen entdeckten und sich dort festquatschten. Die drei quadratischen Tische bildeten jetzt eine Tafel, an der sich jeweils drei Personen gegenüber setzen konnten. Benjamin, Christian und Matthias nahmen nebeneinander mit dem Rücken zum Fenster Platz. Simon und Sascha setzten sich jeweils an das Ende der Tafel. Jetzt waren auch Andrea, Claudia und Julia mit ihrem kurzen Kaffeeklatsch fertig und setzten sich, ebenfalls nebeneinander, auf die noch drei freien Plätze. Im weiteren Verlauf der Pause erzählte jeder einmal etwas aus seinem bisherigen Lebenslauf. So erfuhren alle, dass Matthias bislang bei der Kriminalpolizei in Dortmund, und Julia bei der Kripo in München tätig waren. Für sie war also die neue Herausforderung auch mit einem Umzug nach Berlin verbunden. Claudia, Benjamin und Sascha waren bei der Kriminalpolizei Brandenburg beschäftigt. Brandenburg unterhält vier Polizeidirektionen, die alle an Berliner angrenzen und nach ihrer geografischen Lage, schlicht und einfach, mit Nord, Ost, Süd und West benannt sind. Jedoch wohnten die drei alle in Landkreise im Berliner Speckgürtel und konnten somit ihren Wohnsitz behalten. Andrea und Christian waren schon wie Simon Kriminalkommissare in Berlin. Ein weiteres Thema in dieser gemütlichen Runde waren natürlich die heute mit Holger geführten Einzelgespräche. „Und? Was meint ihr? Wie wird Holger die Teams besetzen?", fragte Matthias in die Runde. „Ich bin mir nicht sicher", sagte Claudia, „nichts gegen Euch, Mädels. Aber es wird nicht mehr als eine Frau in jedem Team sein." Andrea und Julia quittierten Claudias Aussage mit bedauernden Gesten und Lauten. „Hört auf zu jammern", scherzte Christian, „oder wollt ihr drei etwa die

Verdächtigen so lange vollquatschen, bis sie freiwillig ein Geständnis ablegen?". Die Runde fing an zu lachen. „Wir sollten zahlen. Sonst kommen wir noch zu spät.", sagte Sascha. „Und dann erfahren wir womöglich nie, wer mit wem zusammen arbeiteten wird", ergänzte Simon. Julia bot an, die Rechnung mit der Kreditkarte zu begleichen, und später das Geld einzusammeln. Alle stimmten zu. Der kurze Spaziergang zurück zum Hauptgebäude tat allen gut. Sie fanden sich pünktlich im Besprechungsraum ein.

Holger betrat als letzter das Zimmer und schloss die Tür hinter sich. „Hallo zusammen", grüßte er in die Runde. „Alle gesättigt und bereit Verantwortung zu übernehmen?". Holger nahm das Kabel, welches aus einem runden Loch im Tisch herausguckte. Er setzte sich und steckte das Kabel in eine Buchse an der rechten Seite seines Laptops. Ein Projektor sorgte dafür, dass nun alle den Bildschirminhalt auf einer großen Leinwand sehen konnten. Auf dem blauen Hintergrund erstrahlte das Emblem der Berliner Polizei. Dies bestand aus dem typischen altgoldenen Stern mit dem Wappen des Landes Berlin in der Mitte. Darunter stand in weißen Großbuchstaben *LANDESKRIMINALAMT*. Holger drückte die Leertaste und die Titelseite einer Präsentation erschien auf der Leinwand. Am oberen Rand war ein schmaler horizontaler Streifen in blauer Farbe. In diesem Streifen fanden sich links das Emblem der Berliner Polizei und rechts das Wort *LANDESKRIMINALAMT* wieder. Die Überschrift lautete *LKA – Abteilung 3* und direkt darunter *Dezernat Computerkriminalität*. Holger stand wieder auf und stellte sich an die rechte Seite der Leinwand. „Gerne hätten wir vier zweiköpfige Ermittlerteams gebildet. Zu diesem Zweck haben wir mit vier weiblichen Kolleginnen und vier männlichen Kollegen geplant." Holger ließ seinen

Blick über die Runde schweifen. „Weiterhin waren jeweils eine Frau und ein Mann pro Team vorgesehen. Eine Dame hat aber aus familiären Gründen abgesagt und es ist ein Kollege auf den freien Platz nachgerutscht." Holger drehte sich zu seinem Laptop und betätigte erneut die Leertaste. Das Bild auf der Leinwand änderte sich bis auf den oberen blauen Streifen. Jetzt war ein großer Kreis zu sehen, der in drei gleich große Segmente aufgeteilt war. Das Gebilde erinnerte stark an den Mercedes-Stern. Die drei Bereiche waren mit *Team A*, *Team B* und *Team C* beschriftet. „Ihr werdet in drei Ermittler-Teams aufgeteilt.", sagte Holger und zeigte dabei auf die Leinwand. „Zwei Teams sind mit jeweils drei Ermittlern besetzt. Das zweiköpfige Team werde ich temporär unterstützen." Holger drückte wieder auf die Leertaste. Jetzt war nur das erste Segment, dafür aber deutlich größer, zu sehen. Weiterhin erschienen die Fotos von Julia, Benjamin und Christian. „Ihr drei bildet das Team A.", fuhr Holger fort und betätigte abermals die Leertaste. Das zweite Segment wurde größer eingeblendet, wieder mit drei Fotos. „Claudia, Matthias und Simon bilden das Team B." Ein weiteres Drücken der Leertaste ließ dann das dritte Segment mit den Fotos von Andrea und Sascha erscheinen. „Und Team C besteht aus Euch beiden." Holger schaute nochmals in die Runde. „Zum jetzigen Zeitpunkt hat keine Gruppe einen besonderen Schwerpunkt. Wenn unser Dezernat Fälle übernimmt, verteile ich diese auf die drei Teams." Holger drückte letztmalig die Leertaste. Der Kreis mit den drei Segmenten dominierte nun wieder auf der Leinwand. Jetzt waren die acht Namen den jeweiligen Teams zugeordnet. „Dabei werde ich insbesondere auf die aktuelle Auslastung der einzelnen Gruppen achten." Holger setzte sich hin. „Mit der Zeit werden sich die Teams auf bestimmte Fachgebiete spezialisieren. Bei Bedarf werden wir die Gruppen personell verstärken oder aber neue Teams bilden. Das war es, ich bin soweit durch. Gibt es Fragen?". Holger stand auf, ging auf die Gruppe zu und setzte sich halb auf eine Tischkante. „Gibt es festgelegte Regeln für den Vertretungsfall, zum Beispiel Urlaub oder Krankheit?", wollte Matthias wissen. „Ja!", antwortete Holger sofort, „Krankheit akzeptiere ich nicht in meinem Dezernat!". Er lächelte dabei. „Spaß beiseite, bitte achtet darauf, dass pro Team immer nur eine Person nicht anwesend ist. Andrea und Sascha, bei Euch stimmen wir das dann ab." Holger stand wieder auf. „Sonst noch jemand eine Frage?". Es gab keine Wortmeldung mehr. „Super, ich freue mich auf eine tolle Zusammenarbeit. Zeigen wir es den Spinnern, die der Meinung sind, mit ihren Computern, anderen Leuten das Geld aus der Tasche ziehen zu können." Holger löste das Kabel von seinem Laptop und klappte diesen zu.

Als Simon an diesem Abend nach Hause kam, hielt Katrin ihm einen Werbeflyer für eine Hochzeitsmesse unter die Nase. „Schau mal, mein Schatz, da möchte ich gerne am Wochenende mit Dir hingehen." Simon empfand Katrins Lächeln in diesem Moment als überwältigend. Er nahm den Flyer in die Hand. Warme Rot- und Goldtöne bestimmten das Erscheinungsbild. Ein glückliches Paar war auf der Vorderseite abgebildet und dazu *HochzeitsWelt unterm Funkturm – Deutschlands größte Hochzeitsmesse*. Darunter das Datum und die Öffnungszeiten. Simon drehte den Flyer um. Hier standen weitere Informationen für Besucher, eine kleine Skizze des Messegeländes, Anfahrtsbeschreibung und Eintrittspreise. „Eine tolle Idee, da haben wir dann alle Informationen gebündelt. Das erleichtert uns bestimmt die Planung.", sagte Simon. Katrin gab ihm einen zärtlichen Kuss. „Ich freu mich! Wie war Dein Tag?", fragte sie ihn.

Simon berichtete von dem Gespräch mit Holger, von der Mittagspause und dem anschließendem Meeting. Er drückte auch seine Freude darüber aus, dass die Kennenlernphase nun vorbei ist und es ab morgen nun endlich richtig losgeht. „Dann kann ja mein Schimanski also endlich wieder auf Verbrecherjagd gehen", neckte Katrin ihn. „Aber vorher machst Du Deine Verlobte noch glücklich, einverstanden?". Katrin strich Simon zärtlich über seine Wange und machte sich dann auf den Weg in Richtung Schlafzimmer.

Am nächsten Morgen betrat Simon das Dienstgebäude am Columbiadamm. Das neue Dezernat war in der zweiten Etage. Jedes Team verfügte über ein eigenes Büro mit der entsprechenden Anzahl an Arbeitsplätzen. Simon ging den langen Flur entlang. Zuerst das Büro von Julia, Benjamin und Christian. Alle drei waren schon da. Simon grüßte freundlich im Vorbeigehen. Im nächsten Raum befand sich auch sein Arbeitsplatz. Simon betrat das Büro. Claudia saß an ihrem Schreibtisch. „Hallo Claudia, was ist denn hier los?", fragte Simon. Er staunte nicht schlecht, denn mitten im Raum stand ein doppelstöckiger Handwagen. Beide Ablagen waren vollgestopft mit Akten. „Hallo Simon", begrüßte Claudia ihn. „Das ist unser erster Fall. Als Matthias das gesehen hat, ist er direkt los, um uns eine große Kanne Kaffee zu organisieren." Simon zog seine Jacke aus, hängte diese an die Garderobe und setzte sich an seinen noch leeren Schreibtisch. „Das ist eine gute Idee", sagte er, als just in diesem Moment Matthias zur Tür herein schneite, in der einen Hand die Kanne. Mit der anderen Hand hielt er drei große Kaffeetassen an deren Henkeln fest. „Hallo Simon, wir haben eine Überraschung für Dich", sagte Matthias und deutete auf den Handwagen. Simon stand auf und nahm wahllos eine Akte in die Hand. Dabei musste er verdammt noch mal aufpassen, dass die restlichen aufgestapelten Akten nicht ins Rutschen gerieten, wie bei einem Mikado Spiel. „Wir sollten uns erst einmal einen groben Überblick verschaffen", schlug Simon vor. „Also los!", rief Claudia. „Wir teilen diesen scheiß großen Aktenberg in drei scheiß kleine Aktenberge." Matthias und Simon sahen sich verdutzt an und mussten dann lachen. „So machen wir es", sagte Matthias. „Alle relevanten Hinweise pinnen wir an die große Korktafel." Simon fing bereits an die Akten auf die drei Schreibtische zu verteilen. „Und nach der Mittagspause fassen wir die ersten Ergebnisse zusammen und planen die weitere Vorgehensweise", sagte er. Die drei legten los. Jede einzelne Akte wurde gesichtet. Die Korktafel füllte sich immer mehr. Überall waren bunte, mit dickem Filzstift beschriftete, Moderationskarten mit Stecknadeln fixiert. Holger steckte am späten Vormittag kurz einmal seine Nase in das Büro. Er verlor nicht ein einziges Wort. Ein breites Grinsen und die Geste, beide Daumen gleichzeitig hoch zu strecken, reichten vollständig aus. Der Zeitplan ging auf. Nach dem Mittagessen standen Claudia, Matthias und Simon vor der großen Korktafel und analysierten gemeinsam das Ergebnis. Ganz oben mittig stand auf einer Karte in Großbuchstaben *PHISIIING*. „Ich habe den Begriff recherchiert", sagte Claudia und zeigte auf die Karte direkt darunter. „Es handelt sich dabei um ein englisches Kunstwort, welches sich an *fishing* anlehnt." Sie hatte dies stichpunktartig auf der Karte notiert. „Das *P* steht für *Password* und das *H* für *harvesting*." Claudia machte eine kurze Pause und fügte dann hinzu: „Zusammengesetzt also *Password harvesting fishing*. Auf Deutsch *Passwort ernten oder fischen*." Simon war sichtlich erstaunt. „Schon oft gehört, dabei auch richtig zugeordnet. Aber über die Herkunft des Begriffs, habe ich mir noch nie so richtig

Gedanken gemacht", sagte er. Matthias tippte beim Sprechen nacheinander auf die drei Karten darunter. „Es handelt es sich um Online Banking. Die Methode ist eine E-Mail. Betroffen sind nur Kunden der Spreebank." Simon hatte ein DIN-A4-Blatt mit einer ausgedruckten E-Mail an die Tafel geheftet. „Viele betroffene Kunden besaßen diese E-Mail noch und konnten der Polizei einen Ausdruck als Beweismittel vorlegen. Andere Kunden hingegen löschten bereits die E-Mail, bevor sie den Betrug feststellten. Wir sollten diesem Personenkreis jene und zwei ähnliche, von uns erfundene E-Mails zeigen." Claudia zog die Augenbrauen hoch. „Durch diese Befragungen können wir das fehlende Beweismittel ersetzen. Genial." Simon zeigte auf das Blatt mit dem Ausdruck. „Darum kümmern wir uns aber später. Zurück zu der betrügerischen E-Mail. Lasst sie uns noch einmal gemeinsam lesen."

Sehr geehrter Spreebank-Kunde,

trotz dem hohen Sicherheitsstandard, welches Ihnen die Kombination von PIN und TAN bietet, wurde von uns in der letzten Zeit eine ganze Reihe von unerlaubten Zugriffen auf Konten unserer Kunden festgestellt.

Aktuell kennen wir noch nicht die Methoden, welche die Täter für die Entwendung der TANs verwenden.

Um die Täter zu ermitteln und die Guthaben von unseren Kunden zu schützen, haben wir uns entschieden, aus den TAN Listen unserer Kunden zwei aufeinanderfolgende TANs zu entfernen. Dafür müssen Sie nur einmal unsere Website besuchen, um in einem geschützten Formular zwei direkt aufeinanderfolgende TANs einzugeben.

Hier gelangen Sie direkt zu Ihrem persönlichen Bereich.

Achtung! Verwenden Sie diese beiden TANs nicht mehr für zukünftige Transaktionen beim Online Banking.

Wenn wir nun feststellen, dass diese TANs in Verbindung mit Ihrem Konto für Transaktionen benutzt werden, wird Ihr Konto unverzüglich gesperrt, da mit hoher Sicherheit eine nicht genehmigte Aktion durchgeführt wird.

Diese Maßnahme dient Ihrem Schutz. Wir bitten Sie, diese Unannehmlichkeiten zu entschuldigen.

Mit freundlichen Grüßen

Ihre Spreebank

Simon markierte mit dem Finger den entscheidenden Satz. „Hier war in der E-Mail ein Link hinterlegt. Mit einem Klick auf diesen Link wurde die betrügerische Website aufgerufen, welche aber vom Design her, genau so gestaltet war, wie der Login-Bereich der Spreebank." Matthias hatte ein Screenshot davon direkt neben dem Ausdruck mit der E-Mail gepinnt. „Genau!", sagte er. „In dieser vertrauten Umgebung gaben dann die Kunden ihre Kontonummer und ihren persönlichen PIN ein." Matthias deutete auf einen weiteren Screenshot. „Danach gelangten die Kunden auf eine weitere betrügerische Seite. Hier wurde auf die E-Mail hingewiesen und noch einmal wiederholt, worum es ging. Weiter unten konnten die Kunden dann die beiden TANs eingeben." Claudia fasste den kompletten Betrug kurz zusammen: „Die Täter hatten jetzt Kontonummer, PIN und zwei unverbrauchte TANs. Krass. Damit konnten sie ja direkt zuschlagen." Matthias stimmte ihr zu. „Mit dem erfolgreichen Übermitteln dieser Daten an die Betrüger, wurden den Kunden die dritte Seite angezeigt." Auch hier hatte er einen entsprechenden Ausdruck vorbereitet. „Hier war von einem technischen Fehler die Rede. Und das aus Sicherheitsgründen die Verbindung unterbrochen wurde." Claudia zeigte auf den Screenshot. „Und dieser Button, mit dem Hinweis direkt zum Login-Bereich der Spreebank zu gelangen?", fragte sie. „Da waren die Täter clever. Denn damit gelangten die Kunden zurück auf die echte Website der Spreebank. Einige Kunden loggten sich wieder ein, andere wiederum beendeten ihre Internetsitzung." Simon setzte sich, lehnte sich zurück und stützte seinen Hinterkopf mit seinen ineinander gefalteten Händen. „Etwas später meldeten sich dann die Betrüger mit den gestohlenen Daten im Online Banking der Spreebank an und führten zwei Überweisungen aus", sagte er. Simon lehnte sich wieder nach vorn und saß nun aufrecht an seinem Schreibtisch. „Dann lasst uns mal über die nächsten Schritte beraten." Claudia stand noch immer an der Tafel. „Die Bank hat allen Kunden den entstandenen Schaden erstattet und der Polizei ihre uneingeschränkte Mithilfe angeboten", sagte sie. Matthias hatte sich auch an seinen Schreibtisch gesetzt. „Sehr gut. Wir vereinbaren einen Termin, um eine Liste der Überweisungen anzufordern", sagte er. Simon drehte einen Kugelschreiber mit seinen Fingern immer wieder um. „Die drei betrügerischen Webseiten waren bei einem Berliner Webhosting Anbieter gespeichert. Auch hier sollten wir einen Termin vereinbaren", sagte er. „Dann brauchen wir ja hier nur noch das Aktenchaos beseitigen und schon kann es losgehen", witzelte Claudia. Die Akten waren nur zur Einsicht und mussten unverändert zurück an das Archiv gegeben werden. Daher fassten sie die wichtigsten Inhalte mit Kopien zusammen. Die Kopien hielten sich in Grenzen, da vieles sich bei den Betroffenen wiederholte. Für die neue Akte beim LKA ergänzten die drei dann noch ihre neuen Erkenntnisse und die geplanten Ermittlungen.

Die Spreebank beauftragte ihren Sprecher des Vorstands, die Zusammenarbeit mit den Behörden zu koordinieren. Er präsentierte dem jungen Ermittlerteam auch das Ergebnis der Recherche in einem persönlichen Treffen. Denn als sie den Termin im Vorfeld abstimmten, bot die Bank direkt an, alle betroffenen Überweisungen auszuwerten. Es gab sieben verschiedene Empfänger bei sieben verschiedenen Banken. Die Zusammenarbeit mit der Spreebank erwies sich als absolut vorbildlich. So hatte sie bereits alle sieben Banken kontaktiert. Eine Bescheinigung vom LKA half dabei, dass die Banken die persönlichen Daten der Empfänger bereitstellten. Es waren alles Privatpersonen und in ganz Deutschland verteilt. Es gab auf dem ersten Blick keine Gemeinsamkeiten. Erst später stellte sich heraus, dass alle Konten erst vor kurzem eröffnet wurden. Weiterhin wurden alle Geldeingänge, immer nur wenige Tage später, an verschiedenen Geldautomaten abgehoben. Zumindest eine Spur. Claudia, Matthias und Simon beschlossen die Kriminalpolizei an den Wohnorten der sieben Empfänger um Unterstützung. Es bestand bei allen der Anfangsverdacht wegen Mithilfe. Die Kollegen vor Ort konnten die Personen somit verhören. Bis die Ergebnisse vorlagen, beschäftigten sich die drei mit dem Webhosting Anbieter. Auch hier wurde einer Kooperation mit den Behörden zugestimmt. Es stellte sich heraus, dass jede der drei Webseiten, jeweils auf einem Verzeichnis von unterschiedlichen Domains abgelegt wurde. Bei den Inhabern dieser Domains handelte es sich um drei kleinere Firmen mit weniger als fünf Beschäftigten. Alle drei Firmenchefs konnten glaubhaft bestätigen, dass sie irgendwann einmal eine einfache Homepage erstellt haben und seitdem nichts mehr daran geändert haben. Auf konkrete Nachfrage, gaben dann jedoch alle zu, mit der Ziffernfolge *123456*, ein sehr einfaches Passwort gewählt zu haben. Der Webhosting Anbieter protokollierte in dem betroffenen Zeitraum hundertfach fehlgeschlagene Login Versuche, bei denen diese Ziffernfolge als Passwort eingegeben wurde. Daraus ergab sich den Ermittlern folgendes Szenario: Die Betrüger probierten bei zig hundert Domains einfach aus, sich mit der Ziffernfolge *123456* anzumelden. Die drei kleinen Firmen wurden dadurch eher zufällig alle Opfer eines einfach strukturierten Hackerangriffs. Jetzt konnten die Täter die Webseiten abspeichern, damit sie im Internet erreichbar waren. Eine Überprüfung der ebenfalls protokollierten IP-Adressen ergab, dass sich dies alles in zahlreichen Internetcafés abgespielt hatte. Auf diese Weise waren die Betrüger anonym geblieben.

Die Hochzeitsmesse war gut besucht, jedoch nicht überfüllt, wie Katrin und Simon es von anderen Messen kannten. An den Ständen der Aussteller konnten sie ohne lange Wartezeiten interessante Gespräche führen. Der Zoo Berlin warb für eine standesamtliche Trauung im Flusspferdhaus. „Eins der modernsten Tierhäuser der Welt", sagte die freundliche Dame. „Durch die riesige Glaskuppel können ihre Gäste den blauen Himmel bestaunen." Katrin schaute Simon an. „Das stelle ich mir echt schön vor", sagte sie. „Wenn das Wetter mitspielt", witzelte Simon. „Die Flusspferde sind nur durch eine Glasscheibe von den Besuchern getrennt und auch unter Wasser zu beobachten", sagte die Mitarbeiterin vom Zoo weiter. Sie übergab den beiden ihre Visitenkarte und ein Prospekt. „Unsere Gastronomie berät Sie gerne. Ein Sektempfang zur Begrüßung und belegte Häppchen nach der Trauung wird besonders gerne gebucht." Katrin und Simon bedankten sich und gingen weiter. Einigkeit bestand bei der kirchlichen Trauung. Beide sind ja in dem Berliner Bezirk Zehlendorf groß geworden. Und in dem Ortsteil

Wannsee befindet sich die Ortslage Nikolskoe. Umgeben vom Düppeler Forst und direkt an der unteren Havel gelegen ist Nikolskoe heute Teil des UNESCO Welterbes *Schlösser und Gärten von Potsdam und Berlin*. Nikolskoe ist ein Ensemble aus vier denkmalgeschützten baulichen Anlagen. Das Blockhaus Nikolskoe mit Nebengebäude, die ehemalige königliche Freischule, der Friedhof der Pfaueninsel und die evangelische Kirche *St. Peter und Paul*. Mit dem Blick auf das Wasser können sich Brautpaare kein schöneres Fotomotiv wünschen. Als Katrin und Simon das Messegelände verließen, hatten sie zwei große Tüten voll mit Prospekten und kleinen Werbegeschenken. Angefangen von den Trauringen, über die Hochzeitsbekleidung, bis hin zu den Frisuren und Make-Up für die Braut war alles dabei. Aber auch entsprechende Anbieter für Blumenschmuck, Dekoration, Einladungskarten und Hochzeitstorte durften natürlich nicht fehlen. Zu guter Letzt boten Fotografen, Alleinunterhalter und Vermieter von Hochzeitskutschen und Limousinen ihre Dienstleistungen auf passenden Flyern an. „Jetzt haben wir Lesestoff, der uns mehrere gemütliche Abende garantiert", sagte Simon. „Aber die Preise sind ganz schön gepfeffert", antwortete Katrin. „Die wissen alle sehr genau, dass es für uns ein einzigartiger Tag werden soll. Und das nutzen sie schamlos aus." Simon lächelte. „Siehst Du, deshalb heirate ich eine Bankkauffrau. Du planst das Budget, das ist eindeutig Dein Ressort." Katrin gab ihm einen Hieb in die Seite. „Und Du?", fragte sie frech. „Ich sorge dafür, dass während unserer gesamten Planung immer ein guter Wein parat steht." Simon nahm Katrin in den Arm. „Einverstanden", sagte sie. Sie gingen weiter zum Auto. Auf der Fahrt nach Hause, entschlossen sie sich spontan zu einem Besuch in einem der zahlreichen Fast Food Restaurants.

Claudia, Matthias und Simon besprachen in ihrem Büro den aktuellen Status. Mittlerweile lagen auch die Resultate der Verhöre von den sieben Geldempfängern vor. Dort fanden sich durchaus Übereinstimmungen. Alle waren aus den verschiedensten Gründen in einer finanziellen Schieflage. Leider sind sie dadurch auch besonders empfänglich für Angebote, die gute Verdienstmöglichkeiten bei geringem Arbeitsaufwand versprechen. So auch bei diesen Personen. Bei allen fing es immer mit einer E-Mail an. Das Interesse war geweckt. Und wenn weitere Informationen gewünscht waren, sollte eine Mobilfunknummer angerufen werden. In diesen Gesprächen wurde zum wiederholten Male darauf hingewiesen, dass die Tätigkeit mit wenig Zeitaufwand verbunden war. Ein Computer mit Internetzugang würde reichen. Weiterhin sind kurze Botengänge innerhalb des eigenen Wohnortes notwendig. Um dann die Unterlagen zu erhalten, in denen die Heimarbeit Schritt für Schritt erklärt wird, gaben die Interessenten ihre Anschrift bekannt. Einige Tage später bekamen sie Post. Nicht alle hatten diese aufbewahrt, in drei Akten haben die Kollegen von der Kriminalpolizei einzelne Beweisstücke beigelegt. Zum einen war da eine schriftliche Vereinbarung, welche unterschrieben in einem beigefügten, fertig adressierten und frankierten Briefumschlag zurückgesendet werden sollte. Einer hatte sich diese vor dem Versenden kopiert. Zwei andere konnten sich daran erinnern, dass es sich um eine Postfachadresse handelte. Die Zielorte fielen den beiden aber nicht mehr ein. Weiterhin war in fünf Akten die Anleitung komplett vorhanden. Hierbei handelte es sich um zehn Seiten, jede in einer Prospekthülle, und diese wiederum in einem Schnellhefter. Danach sollte zuerst ein Konto eröffnet werden, welches online geführt werden konnte. Es wurden mehrere Geldinstitute genannt, welche dieses Kontomodell ohne

Kontoführungsgebühren anboten. Nachdem die Banken das Konto eingerichtet hatten, sollten die Kontodaten auf einer ebenfalls vorbereiteten und frankierten Postkarte eingetragen werden. Dann sollten die neuen Kontoinhaber zwei Mal täglich, einmal vormittags und einmal nachmittags, die Umsätze prüfen. Wenn ein Geldeingang zu verzeichnen war, sollte dieser Betrag frühestens am übernächsten Tag, spätestens jedoch nach fünf Tagen an verschiedenen Geldautomaten abgehoben werden. Dieser Betrag sollte nun abzüglich einer Provision in Höhe von 10 Prozent in einer Filiale eines namhaften Anbieters für Bargeldtransfers eingezahlt werden. Zu diesem Zweck waren drei Adressen in der Anleitung aufgelistet, welche immer abwechselnd ausgewählt werden sollten. Die Empfänger waren in drei verschiedenen afrikanischen Ländern. „Fassen wir mal zusammen, was wir bis jetzt haben", sagte Matthias. „Die schriftlichen Vereinbarungen machen doch überhaupt gar keinen Sinn", stellte Claudia fest. „Da gebe ich Dir Recht", sagte Simon. „Die Betrüger haben sich mit den Unterlagen ja große Mühe gegeben. Damit wollten sie der Sache wohl eine seriöse Note geben." Matthias überlegte kurz. „Und dazu passt ja so eine Vereinbarung." Claudia kaute auf ihrer Unterlippe. „Das Puzzle ist doch nahezu komplett. Wir wissen, wie und wohin das Geld der Opfer überwiesen wurde." Matthias ergänzte: „Und wir wissen, was dann mit dem Geld passierte." Simon stand an der großen Korktafel. „Leider fehlen uns die entscheidenden Teile in Deinem Puzzle, Claudia. Wo ist das Geld? Und wer steckt dahinter?". Claudia sah ihn erstaunt an. „Richtig. Jetzt aber eines nach dem anderen. Die Geldempfänger wussten nichts von dem eigentlichen Betrug." Matthias gesellte sich zu Simon. „Die Ermittlungen bei diesen Personen können wir abschließen. Sie haben auf jeden Fall, wenn auch unbewusst, gegen die Gesetze zur Vermeidung von Geldwäsche verstoßen." Simon hatte sich wieder an seinen Schreibtisch gesetzt. „Akte schließen, Deckel drauf und ab zur Staatsanwaltschaft." Claudia klopfte Simon auf seine Schulter. „Und jetzt die fehlenden Puzzleteile", sagte sie. „Das wird schwierig", antwortete Simon. „Die Firma mit den Geldtransfers ist ein US-amerikanisches Unternehmen. Und unsere letzten Spuren enden bei Personen in drei afrikanischen Staaten." Matthias stand immer noch an der Tafel. „Hinweise sind aber vorhanden. Wir empfehlen Holger, den Fall an das Dezernat für grenzüberschreitende Kriminalität abzugeben." Mit diesem Kompromiss waren alle einverstanden.

Claudia, Matthias und Simon hatten an dem runden Tisch in Holgers Büro Platz genommen. Holger saß an seinem Schreibtisch und las aufmerksam die neu angelegte Akte. Die drei jungen Ermittler waren nervös. Holger klappte die Akte zu, nahm seine Lesebrille ab und schob sich deren rechten Bügel zwischen die Lippen. „Sehr gut recherchiert und akribisch aufgearbeitet", sagte er. „Genau so stelle ich mir gute Ermittlungsarbeit vor." Claudia, Matthias und Simon fiel ein Stein vom Herzen. „Danke!", antwortete Claudia. „Nur genau an dieser Stelle kommen wir einfach nicht weiter." Holger stand auf und setzte sich auch an den Besprechungstisch. „Irrtum!", sagte er. „Mit Eurer Empfehlung habt Ihr genau die richtige Entscheidung getroffen." Simon sah nachdenklich aus. „Wie meinen Sie das denn, Holger?", fragte er. „Ganz einfach. Die Kollegen drüben in der Gothaer Straße wissen jetzt genau was zu tun ist. Und durch Eure perfekte Vorarbeit, können sie sich glücklich schätzen", antwortete Holger. „Und wie geht es weiter?", fragte Matthias. Holger stand auf. „Das liegt jetzt in erster

Linie an den Kollegen. Ich würde mit Hilfe von diesem Geldtransfer Unternehmen alle Geldströme von den afrikanischen Ländern zurück nach Deutschland überprüfen." Holger sah die Drei an. „Aber was Euch betrifft. Ich habe da etwas Interessantes auf meinem Tisch. Die Steuerfahndung hat uns um Unterstützung gebeten. Wir treffen uns Montag früh hier zu einer Projektbesprechung." Claudia, Matthias und Simon standen auf, verabschiedeten sich bei Holger und verließen sein Büro.

Einige Tage vor dem Besuch der Hochzeitsmesse hatten sich Katrins Eltern gemeldet. Sie überraschten das junge Paar, mit der wundervollen Nachricht, die Kosten für die große Hochzeitsfeier nach der kirchlichen Trauung zu übernehmen. Und diesen Samstag war es soweit. Katrin und Simon wollten sich, gemeinsam mit den Eltern, drei Möglichkeiten anschauen, die bereits in der engeren Wahl waren. Katrins Vater hatte den Tag geplant. Um 10:00 Uhr wurden sie von einer Mitarbeiterin im Veranstaltungsbüro vom Schloss Diedersdorf empfangen. Den Spreespeicher wollten sie sich dann im Anschluss um 13:00 anschauen. Zu guter Letzt wartete dann um 16:00 Uhr das Lakeside Burghotel zu Strausberg. Schloss Diedersdorf befand sich südlich von Berlin. Für die knapp 20 Kilometer benötigte die Gruppe mit dem Auto eine knappe halbe Stunde. Dort angekommen, wurden sie freundlich begrüßt. Für einen ersten Überblick wurden sie durch die Räumlichkeiten und dem großzügig angelegten Garten geführt. „Das Schloss Diedersdorf ist nicht nur ein beliebtes Ausflugsziel. Es ist auch eine gern gebuchte Hochzeitslocation", sagte die nette Dame. „Das liegt an den vielfältigen Möglichkeiten, die das Gelände Ihnen bieten. Und natürlich an unserem exklusiven Hochzeitsservice." Die Frau lächelte. „Angefangen bei unseren Bankett- und Dekorationsvorschlägen, über Hochzeitstauben, Feuerwerk und Kinderbetreuung, bis hin zu den Übernachtungsmöglichkeiten für Ihre Gäste bieten wir Ihnen die gesamte Planung aus einer Hand." Der Rundgang war beendet. „Ich habe Ihnen alle wichtigen Informationen in dieser Mappe zusammengefasst." Nachdem sich die Mitarbeiterin erkundigt hatte, ob noch Fragen offen geblieben waren, verabschiedete sie sich. Zum Spreespeicher, südöstlich von der Berliner Innenstadt gelegen, benötigten sie eine knappe Stunde. Das Informationsmaterial wurde vorab versendet. Katrins Mutter las daraus vor und sorgte für Kurzweil während der Autofahrt. Die einzigartigen Veranstaltungsräume des Spreespeichers warben mit einem eindrucksvollen Slogan: „Berlin hat 500 km Ufer. Hier sind die schönsten 232 Meter." Darunter war eine imposante Abbildung des Gebäudes, aufgenommen von dem gegenüberliegenden Spreeufer. Katrins Mutter las weiter: „Zusammen mit der grandiosen Spreeterrasse bieten die Räume den idealen Rahmen für individuelle Events. Dank großer Rundbogenfenster und Südausrichtung sind die loftartigen Räumlichkeiten lichtdurchflutet. Den herrlichen Blick auf die Oberbaumbrücke und der Spree können Sie und ihre Gäste in zeitlos-modernem Ambiente genießen. Die volltransparenten Glaswände als Raumteiler treffen auf die restaurierten Backsteinwände und massivem Eichenparkett. Die mit Blattgold vertäfelte Wand in Raum *Ultimo* ist ein innenarchitektonisches Highlight." Simon fuhr. Und er wählte die Elsenbrücke, um die Spree zu überqueren. Nur noch links in die Stralauer Allee abbiegen und nach ein paar hundert Metern erreichten Sie das Ziel. Auf dieser kurzen Strecke entlang dem Spreeufer, konnten Sie links die drei *Molecule Men* bestaunen. Eine direkt im Wasser stehende, 30 Meter hohe Metall-Skulptur, entworfen von dem amerikanischen Bildhauer *Jonathan Borofsky*. Symbolisch stellen sie das Aufeinandertreffen der drei damaligen Berliner Bezirke Treptow, Kreuzberg und Friedrichshain dar. Das Parkplatzangebot war gut. Der Empfang durch die Mitarbeiterin des Spreespeichers fiel freundlich aus. Die Räumlichkeiten und die Terrasse wurden besichtigt. „Wir verfügen hier über eine exklusive Anlegemöglichkeit für Schiffe", betonte die Frau. Für die weitere Besprechung stand ein festlich dekorierter Tisch bereit. „Bitte setzen Sie sich doch. Ich möchte Ihnen verschiedene Raumplanungen zeigen." Die Frau legte große Zeichnungen auf den Tisch. „Wir vermieten ausschließlich exklusiv. Das heißt für Sie, es finden niemals zwei Veranstaltungen parallel statt." Simon und Katrin sahen sich die Grundrisse genauer an. „Der hier gefällt mir am besten", sagte Katrin. „Und für Hochzeiten wie geschaffen", ergänzte die Mitarbeiterin. „Der große Raum für das Essen. Mit Platz für bis zu 120 Personen. Eine Bar für den Getränkeservice, die Glaswände dahinter werden hinterleuchtet." Simon tippte mit seinem Finger auf den Raum daneben. „Die Trennung gefällt mir auch sehr gut", sagte er. „Genau!", erwiderte die Frau. „In diesem Raum befinden sich dann Lounge Bereiche, die Tanzfläche mit DJ und eine weitere Bar." Katrin und Simon sahen sich zufrieden an. „Von beiden Räumen gelangen Sie auf die Terrasse. Dort befinden sich weitere Lounges." Katrins Vater räusperte sich und verschaffte sich so Gehör: „Für unseren Geschmack etwas zu modern." Katrins Mutter warf ihm einen unmissverständlichen Blick zu, und er bekam somit die Kurve: „Aber es ist ja Euer großer Tag. Und es bereitet mir wirklich große Freude, Euch glücklich zu machen." Katrin gab ihrem Vater einen Kuss auf die Wange. „Ich darf Ihnen also ein Angebot unterbreiten?", fragte die Frau. Katrins Vater wischte sich eine Träne ab, als er nickend zustimmte. Auch die Fahrt nach Straussberg, knapp 20 Kilometer von der östlichen Stadtgrenze entfernt, nahm eine gute Stunde in Anspruch. Vor Ort wurden sie von dem Geschäftsführer persönlich begrüßt. „Unser Hotel ist mit seinem einzigartigen Ambiente und der liebevoll gepflegten Parkanlage geradezu prädestiniert, Feste zu organisieren", sagte der freundliche Herr. Stolz führte er die Familie durch die Räumlichkeiten. „Denn sowohl unsere Innenräume als auch die Außenanlagen bieten vielseitige Möglichkeiten, auch Ihre Hochzeit abwechslungsreich und individuell zu gestalten." Die Gruppe betrat den Festsaal. „Gerne übernehmen wir auf Wunsch die Organisation von A bis Z." Zur Verabschiedung erhielten sie ebenfalls eine Mappe, die bereits auch schon konkrete Pauschalangebote enthielt.

Montag früh. Projektbesprechung in Holgers Büro. Bei einer Tasse mit starkem Kaffee besprachen die Vier an dem Besprechungstisch den neuen Fall von der Steuerfahndung. „Wie bereits erwähnt", startete Holger, „das Finanzamt für Fahndung und Strafsachen bittet uns um Unterstützung." Holger hatte die wichtigsten Informationen bereits auf einer Seite zusammengefasst und verteilte die Kopien. „Wie können wir uns denn so eine Zusammenarbeit vorstellen?", fragte Simon. „Ich schlage vor, dass ihr Euch regelmäßig trefft", antwortete Holger. „Die Kollegen sitzen ja unten in der Ullsteinstraße, also von uns aus keine 4 Kilometer den Tempelhofer Damm runter." Claudia überflog das Blatt. „Und worum geht es?", wollte sie wissen. „Wir gehen das jetzt gemeinsam durch", antwortete Holger. „Es wurden von mehreren Geldinstituten gewisse Unregelmäßigkeiten bei Börsengeschäften festgestellt." Matthias meldete sich zu Wort: „Die einzelnen Banken haben ordnungsgemäß die Börsenaufsicht informiert." Holger lehnte sich zurück. „Die

Steuerfahndung wird in solchen Fällen standardmäßig mit eingeschaltet", sagte er. Simon war noch in die Notizen vertieft. Dann blickte er auf. „Bei den Ermittlungen stießen die Kollegen vom Finanzamt dann auf Hinweise, dass hier Cyberkriminalität vorliegt. Gibt es Details?", fragte er. Holger hatte sich wieder vorgelehnt, um einen Blick in seine Aufzeichnungen zu werfen. „Nein. Nichts Genaues. Eure Aufgabe genau hier anzusetzen", sagte er. Claudia, Matthias und Simon schauten sich an. „Na dann wollen wir mal keine Zeit vertrödeln", sagte Claudia. Um die weitere Vorgehensweise abzustimmen, zogen die Drei sich zurück in ihr Büro.

Finale

Martin musste feststellen, dass ein ihm wohlbekanntes Sprichwort durchaus der Realität entsprach: *Geld verdirbt den Charakter*. Anfangs hatte er das Ziel verfolgt, mit dem Nebenverdienst eine Altersvorsorge aufzubauen. Eine tolle Eigentumswohnung, um später mietfrei zu wohnen, schwebte Martin dabei vor. Kurz vor seinen 24. Geburtstag stellte er jedoch fest, dass seine Börsenaktivitäten eher einer Gelddruckmaschine entsprachen. Martin hatte schlichtweg keine Zeit, seinen Geburtstag zu feiern. Er war vielmehr damit beschäftigt, das erzielte Vermögen anzulegen. Seine Depotkonten wiesen Guthaben in Höhe von knapp über zehn Millionen Euro auf. Und jeden Tag kamen mindestens 100.000 Euro hinzu. Jeden verdammten Tag. Martin legte sich einen weiteren Plan zurecht. Ab sofort wollte er die eine Hälfte des Kapitals konservativ anlegen, um damit Zinsen zu erzielen. Mit der anderen Hälfte wollte er weiter an der Börse spekulieren. Zu diesem Zweck eröffnete er Nummernkonten bei fünf verschiedenen Banken in der Schweiz. Martin reiste mehrmals in das Alpenland. Er nahm immer den Zug. Martin zahlte auf jedem Konto exakt eine Million Euro ein. Die Zinserträge ließ er sich auf ein Girokonto, ebenfalls bei einer schweizerischen Bank überweisen. Immerhin knapp 18.000 Euro. Monat für Monat. Für dieses Konto beantragte Martin mehrere Kreditkarten. Mit dieser regelmäßigen Einnahmequelle, entschied sich Martin, seinen Job zu kündigen.

Weitere drei Monate später hatten sich die anderen fünf Millionen Euro an der Börse fast verdreifacht. Martin versuchte den Überblick zu behalten. Hierfür rundete er krumme Beträge jetzt immer auf volle Millionen ab. Mit sieben Millionen Euro zockte er weiter. Weitere fünf Millionen Euro verteilte Martin auf die Schweizer Konten und verdoppelte seine monatlichen Zinserträge. Die restlichen knapp zwei Millionen Euro nutzte Martin, um sich ein luxuriöses Umfeld zu schaffen.

Sein erster Weg führte ihn in das Porsche Zentrum Berlin in der Franklinstraße. Martin hatte vorab einen Termin mit einem Verkaufsberater vereinbart. Am Telefon hatte er großes Interesse an einem neuen *Cayenne* signalisiert. Als Martin die Verkaufsräume betrat, fühlte er sich wohl. Die Begrüßung fiel freundlich, aber dennoch hoch professionell aus. „Guten Tag, darf ich Ihnen etwas zu trinken anbieten?", fragte der Verkäufer. Die Kombination aus sehr gutem Aussehen und perfekt sitzendem Anzug war genial. „Cappuccino, Latte Macchiato, Espresso? Oder vielleicht doch ein Erfrischungsgetränk?", hörte Martin ihn weiter fragen. „Sehr gerne. Ich nehme einen Latte Macchiato und dazu ein Mineralwasser", antwortete Martin. „Kommt sofort! Dort stehen zwei verschiedene Modelle des *Cayennes*. Schauen Sie doch schon einmal. Ich bin gleich bei Ihnen." Martin öffnete die Fahrertür und nahm hinter dem Lenkrad Platz. Der Geruch von feinem Leder war überwältigend. Kurze Zeit später setzte sich der Verkaufsberater neben Martin auf den Beifahrersitz. „Sie sind für den *Cayenne* wie geschaffen", sagte der Verkäufer. „Sie müssen sich nur noch für Ihre Farbe, Ihre Ausstattung und Ihre zusätzliche Individualisierungswünsche entscheiden. Damit aus einem der Modelle das wird, was es sein sollte: Ihr *Cayenne*." Martin stieg aus dem Fahrzeug und setzte sich zusammen mit dem Verkaufsberater auf einer Designer-Couch. Die

Getränke wurden serviert. In den folgenden zwei Stunden beschäftigte sich Martin mit der 76-seitigen Preisliste. Als Grundmodell wählte er den *Cayenne Turbo* aus. Viele der möglichen Sonderausstattungen waren selbsterklärend, bei einigen anderen wurde Martin umfassend beraten. Zum Schluss wurde das Gespräch von dem Mitarbeiter des Porsche Zentrums noch einmal zusammengefasst: „Also wir haben den *Cayenne Turbo* für 101.913 Euro. In diesem Preis sind bereits folgende Sonderausstattungen enthalten: Metallic-Lackierung, Bi-Xenon-Scheinwerfer, Tiptronic S, Luftfederung mit Niveauregulierung, Sitzheizung vorne und hinten inklusive Lenkradheizung, Klimaautomatik, Lederausstattung, Porsche Communication Management und das Bose Surround Sound-System. Mit den, von Ihnen zusätzlich ausgewählten Individualisierungen, also dem Porsche Entry & Drive, das Panorama Dachsystem, die Sport Design Räder in 20 Zoll, das Licht-Komfort-Paket, Porsche Wappen auf den Kopfstützen, die Rückfahrkamera inklusive Park Assistent vorne und hinten und die Telefonvorbereitung für ein Mobiltelefon kommen wir dann auf 110.500 Euro inklusive 16 Prozent Mehrwertsteuer." Der Verkaufsberater sah Martin an. „Gerne prüfe ich unseren deutschlandweiten Vorführbestand. Wenn Sie ein wenig flexibel bei den Ausstattungswünschen sind, können Sie sich so die acht Monate Lieferzeit ersparen." Martins Augen funkelten. Alleine der Gedanke daran, bereits in der nächsten Woche, so ein Auto zu besitzen, ließen bei ihm alle Dämme brechen. „Ja, bitte überprüfen Sie das bitte", sagte er zu dem Verkäufer. Nach einigen Minuten kam der Berater freudestrahlend zurück. „Ich habe ein Fahrzeug in Ihrer Wunschfarbe gefunden. Sie müssten nur auf das Licht-Komfort-Paket und die Wappen auf den Kopfstützen verzichten", sagte er. Martin überlegte kurz. „Und? Was soll er kosten?", fragte er. Der Verkäufer setzte sich zu Martin auf die Designer-Couch. „Als Neufahrzeug konfiguriert liegt dieses Modell bei 109.800 Euro." Martin sah eigentlich keine Notwendigkeit darin, fragte aber alleine aus Prinzip nach einem Rabatt. Der Mitarbeiter verzog die Mundwinkel beim Einatmen. Ein kaum hörbares Zischen war die Folge. „Drei Prozent. Und dann ziehen wir den Betrag noch glatt. Also 106.500 Euro." Jetzt überlegte Martin nicht mehr. „Bitte bereiten Sie die Verträge vor", sagte er und lehnte sich zufrieden zurück.

Martins nächstes Projekt in punkto Luxusleben war ein Termin bei einem weltweit operierenden Dienstleister für die Vermittlung von hochwertigen Wohnimmobilien. In der Berliner Innenstadt war es absolut unmöglich, irgendwo hinzuschauen, ohne dabei einen Baukran zu erblicken. Neue und moderne Unterkünfte für Gewerbe und Privat schossen wie Pilze aus dem Boden. Martin berichtete dem Immobilienmakler seine Vorstellungen von Lage, Größe, Ausstattung und Preis. Die Auswahl der verfügbaren Objekte wurde dadurch erheblich eingegrenzt. Zusammen besichtigten sie dann drei Wohnungen. Martin entschied sich für das Penthouse in der Nähe vom Potsdamer Platz. Mit der Größe von 63 Quadratmetern ideal für Singles, beste Lage, Tiefgarage und stolze 430.000 Euro teuer. Und noch einmal gute 50.000 Euro für die Maklercourtage, die Grunderwerbssteuer, sowie die Gebühren für den Notar und das Gericht. Und bei der Einrichtung ließ es Martin auch mal so richtig krachen. Eine Küche von *Poggenpohl*, bei der wirklich keine Wünsche offen blieben, für 70.000 Euro. Selbstverständlich mit einer integrierten, vollautomatischen Kaffeemaschine von *Gaggenau*. Schrankwände, weiß und ohne Schnörkel, die Spezialität von *Interlübke*, zierten das

Schlafzimmer. Zusammen mit dem Bett und weiteren Kleinmöbeln kamen dafür weitere 25.000 Euro zusammen. Der Mittelpunkt im Wohnbereich bildeten das Sofa, zwei Sessel und der Couchtisch von *Rolf Benz*. Hier waren noch einmal 15.000 Euro fällig.

Mit dem vielen Geld kamen auch neue Bekannte und alte verschwanden. Martin hatte den Kontakt zu Patrick, Jan und den Anderen gänzlich eingestellt. In der letzten Zeit lernte Martin immer mehr Menschen kennen, die einen ähnlichen finanziellen Background hatten, wie er selbst. Angefangen hat das mit den fünf Spezialisten, bei denen Martin, in einem persönlichen Coaching, sich den nötigen Feinschliff für seine Börsengeschäfte hat geben lassen. Danach zählte Martin immer mehr einflussreiche Händler im Börsenumfeld zu seinem neuen Freundeskreis. Das ihm zur Verfügung stehende Geld, half Martin immens dabei, bei den gesellschaftlichen Gepflogenheiten mitzuhalten. Er belegte kürzlich einen Kurs um beim Golfen die Platzreife zu erwerben. Der Einzelunterricht und die notwendige Mitgliedschaft in einem Golfclub wurden Martin auch nicht gerade geschenkt. Ein Abendessen in einem der vielen angesagten Restaurants in Berlin war auch sehr schnell im dreistelligen Bereich. Pro Person. So auch an diesem Abend. Martin war mit Daniel und Robert zum Essen verabredet. Beide waren Devisenhändler und zirka fünf Jahre älter als Martin. Sie hatten den *Private Dining Room* im *Fischers Fritz* reserviert. Dieses Spitzenrestaurant war fester Bestandteil des Luxushotels *The Regent Berlin* mit einer exklusiven Lage direkt am Gendarmenmarkt. Die Drei wollten diesem Abendessen einen angemessenen Rahmen verleihen, und entschieden sich für das *Prestige Menu*, bestehend aus sechs Gängen. Es erwartete sie ein gastronomisches Feuerwerk. Den Anfang machte ein *Tatar vom Wolfsbarsch* und knusprige *Chipiron Tintenfische* mit *Avocadomayonnaise* und *geräucherter Paprika*. Gefolgt von *gerösteten Jakobsmuscheln*, dazu *karamellisierter Hokkaidokürbis* und *Jaipurcurry*. Die Vorspeisen endeten mit dem dritten Gang, sicherlich nicht jedermanns Sache, nämlich *Froschschenkel in Aromatenbutter* gebraten mit *Zucchini* und *Artischocken*. Robert berichtete von einer privaten Party, an der er teilgenommen hatte: „Freunde ich sage Euch, so etwas habe ich noch nie erlebt!", schwärmte er. Martin und Daniel sahen sich erstaunt an. „Wir waren zu fünft in einer Hotelsuite. Ein Partyservice hatte ein super Buffet geliefert. Der Zimmerservice versorgte uns mit reichlich Alkohol." Martin dachte es und Daniel sprach es aus: „Nun mal langsam! Das hört sich schon nach einem teuren Saufgelage an. Aber was war denn so besonders?", fragte er. Robert faltete sorgfältig die Serviette. „Na ja, was soll ich sagen. Erst kam das Koks. Und dann kamen die Mädels." Martin zog die Augenbrauen hoch. „Du meinst Prostituierte?", erkundigte er sich. „Ja, so ähnlich. Da gibt es so eine Agentur, die sich auf diese Partys spezialisiert hat", antwortete Robert. „Sorry Alter!", sagte Daniel. „Habt ihr denn jetzt gevögelt oder nicht?", wollte er wissen. „Nicht nur einmal! Habt ihr es denn schon einmal auf Koks gemacht?". Wieder schauten sich Daniel und Martin an. „Ich habe noch nie gekokst", sagte Martin. „Ich schon! Aber danach nicht gefickt", ergänzte Daniel. „Das ist der absolute Wahnsinn. Ihr könnt öfters und länger", protzte Robert. Die Hauptspeise wurde serviert. *Rücken vom Lamm* und *gratiniertes Fenchelgemüse*, dabei einfaches *Bratenjus gebunden mit Olivenöl*. Der fünfte Gang folgte mit frischen und gereiften *Rohmilchkäsesorten vom Bouton d'Or*. Ein ausgewogener Übergang zum sechsten und letzten Gang.

Die Dessertkreation bestand aus *Feige in Zitrusaromen pochiert*, sowie weißer Schokoladencrème und *Dillcoulis* und *gerahmtes Eis von Monteil-Walnüssen*. Wieder war es Daniel, der aussprach, was bereits alle dachten. „So eine Party feiern wir auch. Robert hast Du einen Kontakt zu dieser Agentur?", fragte er. „Was für eine Frage!". Martin meldete sich zu Wort. „Ich kümmere mich um die Suite. Daniel machst Du das Buffet klar?". Robert kratzte sich am Hinterkopf. „Na gut! Ich sorge noch dafür, dass es auf der Party schneit", sagte er. Die Drei mussten lachen. Die Rechnung fiel üppig aus. Alleine das *Prestige Menu* schlug mit 180 Euro pro Person zu Buche. Hinzu kamen dann noch diverse Tischweine, keine Flasche unter 100 Euro. Der Service war hervorragend. Grund genug den Gesamtbetrag mit einem dicken Trinkgeld auf 1.500 Euro aufzurunden. Diese Summe ließ sich auch viel besser durch drei teilen.

Martins ehemalige, kleine Studentenbude diente ihm nur noch als Standort für seinen Server. In den letzten Wochen hatte Martin die Technik auf den neuesten Stand gebracht. Er investierte eine nicht unerhebliche Summe. Besonders wichtig für Martin war es, dass der Server weitestgehend automatisiert lief. Martin war so gut wie nie mehr vor Ort. Er konnte alles über einen Fernzugriff steuern. Weiterhin baute er das komplette System redundant aus. Bei einer Störung übernahm ein zweiter Server die Arbeit. Martin bekam in diesem Fall eine Alarmmeldung und konnte nun in Ruhe den Fehler beheben.

Die Organisation einer geeigneten Suite erwies sich als leichte Aufgabe. In Berlin gibt es gleich mehrere Hotels der Luxusklasse. Bei besonderen Wünschen stand Diskretion immer an der ersten Stelle. Martin titulierte das Vorhaben als eine private Party unter Geschäftsfreunden. Maximal sechs Personen, wobei nur drei die Übernachtung in der Suite in Anspruch nehmen wollten. Das Hotel *Adlon* bot Martin die *Präsidenten Suite Brandenburger Tor* für 15.000 Euro an. Es wird erwartet, dass der Getränkeservice und das Buffet selbstverständlich im Hotel gebucht werden. Für die Reservierung nutzte Martin die Kreditkarte von *American Express*, und zwar die Schwarze. Er informierte Daniel, dass er sich für das Buffet mit dem Hotel in Verbindung setzen musste.

An dem Tag, als abends die Party stattfinden sollte, wachte Martin mit gemischten Gefühlen auf. Er hatte nicht wirklich gut geschlafen. Nach dem Frühstück ging er in das Fitnessstudio. Das volle Programm. Aufwärmen auf dem Laufband für 10 Minuten. Für das Krafttraining nutzte Martin heute die Brustpresse, den Butterfly, die Latzugmaschine, die Ruderzugmaschine und die Beinpresse. Nach drei Sätzen Crunch schloss Martin sein Tagespensum auf dem Crosstrainer ab. Jetzt ging es ihm besser und er freute sich auf den Abend. Martin packte seine Tasche. Bevor er duschen ging, rasierte er sich. Auch unter den Achseln, die Brust und den Intimbereich. Martin wählte eines seiner teuersten Outfits. Unterwäsche von *Calvin Klein*, die Jeans von *Dolce & Gabbana*, ein Freizeithemd von Versace und ein kurzer Mantel von *Bugatti*. In der Tiefgarage angekommen, verstaute Martin die Tasche in den Kofferraum. Als er den Motor startete, brüllte der *Cayenne Turbo* dumpf auf und ließ keinen Zweifel daran, dass er über 450 PS verfügte. Für den knapp einen Kilometer von seiner Wohnung zum Hotel *Adlon*, hätte Martin zu Fuß nur gute zehn Minuten benötigt. Er fand aber die Fahrt mit seinem Porsche durch die Berliner Innenstadt deutlich reizvoller. Er fuhr nicht die kürzeste Strecke. Sein Weg führte ihn vom Potsdamer Platz über die Leipziger Straße zur Friedrichstraße. Martin fiel plötzlich ein, dass genau hier sein Lebenswandel begann, als er auf Patrick traf. Jetzt bog er links ab und fuhr auf Berlins Prachtboulevard Unter den Linden. Auf dem Pariser Platz direkt vor dem Brandenburger Tor wendete Martin und stand jetzt direkt vor dem Hotel Adlon. Ein Parkdiener nahm das Auto in Empfang. Martin betrat die große Lobby. Daniel und Robert warteten dort bereits auf ihn. „Hallo Martin", begrüßte ihn Daniel. „Die haben doch tatsächlich ein wenig gezickt wegen unserer Party", sagte Robert. „Ja, sie baten uns ausdrücklich um Diskretion", ergänzte Daniel. In diesem Moment kam ein Gepäckträger mit der Tasche von Martin und legte diese zu den beiden, bereits auf dem Wagen deponierten, Gepäckstücke. „Meine Herren. Ich begleite Sie zu Ihrer Suite", sagte er und ging in Richtung der Aufzüge. Sie betraten die Räumlichkeiten. „Unsere Präsidenten Suite im klassischen Stil mit direktem Blick auf das Brandenburger Tor", eröffnet der Mitarbeiter die persönliche Führung. „Das Badezimmer ist mit einer Badewanne, einer Dusche, einem Bidet und dem Whirlpool ausgestattet. Auf 185 Quadratmetern verfügen Sie über das Wohnzimmer, das Esszimmer und das Schlafzimmer. Hier ist der gemütliche Lounge-Bereich. Flachbildfernseher und Entertainment System sind selbstverständlich", fuhr er fort. Dabei verstaute er die Taschen im Schlafzimmer. „Meine Herren, ich wünsche Ihnen einen angenehmen Aufenthalt." Er hielt dabei die Schlüsselkarte hoch. Daniel zückte seine Geldbörse und gab dem Gepäckträger 50 Euro. „Danke. Den werden wir haben", sagte er. Die Drei nahmen auf den Sesseln im Wohnzimmer Platz. Robert legte das Päckchen mit dem Kokain auf den Tisch. „Wir haben noch ein wenig Zeit. Ich schlage vor, wir nehmen schon mal eine Nase", sagte er. Auf einem Silbertablett portionierte er das Pulver und er machte das nicht zum ersten Mal. „*Oh the weather outside is frightful*", trällerte Daniel zu der weltbekannten Melodie. „*But the fire is so delightful*", fuhr Martin fort. „*And since we've no place to go*", fügte Robert hinzu. Und alle stimmten fröhlich zum Refrain: „*Let It Snow, Let It Snow, Let It Snow*." Robert reichte das Tablett an Daniel. Er rollte einen Geldschein zu einem dünnen Röhrchen und konsumierte die Droge mittels Schnupfen durch die Nase. Jetzt war Martin an der Reihe. Die Wirkung setzte bereits nach wenigen Minuten ein. Der Zimmerservice baute das bestellte Buffet auf. Zwei Flaschen gekühlter Champagner und sechs Gläser wurden ebenfalls bereitgestellt. Die drei Jungs bestellten sich noch Cocktails. Robert spielte an dem Entertainment System und sorgte so für gute Musik. Und dann kamen die Mädels. Die Wirkung von Kokain lässt nach spätestens einer Stunde bereits nach. Also wurde hier ordentlich nachkonsumiert. Auch den Frauen war das weiße Gold nicht wirklich fremd. Die gemütliche Runde wurde so umso schneller gelöster und freizügiger. Genauso hatten es sich Daniel, Martin und Robert vorgestellt. Eine exzessive Feier, bei der fast alles erlaubt war. Das Engagement der Agentur dauerte sechs Stunden. Das Kokain war bis auf den letzten Gramm aufgebraucht. Über ihren Alkoholgehalt im Blut wollten sich die drei jungen Männer lieber keine Gedanken machen, als sie um halb vier nachts müde in die Betten fielen.

Martin erwachte als Erster. Er bestellte das Frühstück in die Suite. Er hatte große Lust auf dem Balkon eine Zigarette zu rauchen. Aber er fühlte sich dafür zu elend. Er befand sich in der, für Kokainkonsum typischen, depressiven Phase. Niedergeschlagenheit und Müdigkeit begleiteten die

Selbstvorwürfe, die Martin wegen der vergangenen Nacht beschäftigten. Nur langsam konnte er sich an Einzelheiten erinnern. Die Bilder in seinem Kopf lösten abwechselnd Freude und Ekel aus. Da war dieser Moment, als Martin auf dem Sessel lümmelte und von einer der Frauen gerade oral befriedigt wurde. Nach der dritten Runde Koks liefen die Jungs maximal mit der Unterhose bekleidet umher. Die Mädels trugen zumindest aufreizende Unterwäsche. Martin beobachtete die rhythmischen Bewegungen von ihren Kopf. Genau wie diese Wackeldackel, welche Ende der neunziger Jahre auf vielen Heckablagen zu finden waren. Wenn er nach links in das Esszimmer blickte, sah er Daniel, wie er eine Frau im Stehen von hinten nahm. Sie stützte sich dabei mit gestreckten Beinen auf dem Buffet ab. Daniel hatte Kanapees auf ihrem Rücken drapiert. Den Wortfetzen zu folge, welche Martin vernahm, versanken die beiden in einem perversen Spiel. Immer wenn eines von diesen, mit Delikatessen garnierten, Weißbrot Schnittchen von ihrem Rücken fiel, bestrafte sie Daniel dafür. Meistens mit einem Klaps auf ihrem wohlgeformten Po. Nach dem Blowjob musste Martin pinkeln und ging in das Badezimmer. Robert saß im Whirlpool und schleckte seiner Begleiterin den Champagner von ihren prallen Titten. Sie ließen sich nicht stören, als Martin stehend in die Toilette urinierte. Später ritt Madame Kanapee dann noch Martin auf dem großen Kingsize Bett im Schlafzimmer. Ab diesem Zeitpunkt konnte er sich nicht mehr entsinnen, welche Freuden dann noch Daniel und Robert nachgegangen sind. Aber das war vielleicht auch ganz gut so. Die letzte Erinnerung war der geile Fick mit Roberts kleiner Whirlpool-Maus. Die Suite verfügte auch über eine Bar. Sie hatte auf einem der Hocker Platz genommen und Martin vögelte sie im Stehen. Der Zimmerservice servierte das umfangreiche Frühstück. Die

Tasse Kaffee umfasste Martin mit beiden Händen. Zitternd führte er diese zu seinem Mund. Daniel und Robert waren ebenfalls erwacht und gesellten sich zu ihm. „Martin. Eine verdammt gute Idee mit dem Frühstück", sagte Daniel. „Aus der Notwendigkeit heraus", stammelte Martin. „Ich war noch nicht mal in der Lage auf den Balkon zu gehen, um eine zu quarzen. Geschweige dann zum Frühstück." Daniel und Robert lächelten gequält. Sie hatten also auch mit ähnlichen Begleiterscheinungen zu kämpfen. „Und?", fragte Robert. „Habe ich zu viel versprochen?". Martin zitterte immer noch leicht. „Eine geile Erfahrung", sagte er. „Aber ich bin raus. Das nächste Mal findet entweder ohne Drogen oder ohne mich statt." Daniel presste seine Lippen zusammen. „Was bist Du denn für ein Weichei?", prahlte er. „Wie Du meinst", antwortete Martin. „Ich kann auch mehrere Prostituierte vögeln, ohne vorher zu schniefen." Robert mischte sich ein. „Jedem das seine. Die Hauptsache ist doch, dass wir aneinander respektieren und unsere Meinungen akzeptieren", sagte er. „Amen!", lallte Daniel. „Lasst uns abrechnen." Robert fasste zusammen. „Also die Suite 15 Scheine, richtig Martin?". Martin nickte wortlos. „Die Agentur verlangte für die drei Mädels sechs Scheine", fuhr Robert fort. „Die waren aber auch jeden Cent wert", sagte Daniel. „Dem Zimmerservice musste ich gestern Nacht noch die Rechnung unterschreiben. Die liegt irgendwo da drüben." Robert fand sie auf dem Sessel. „Und noch einmal zwei Scheine für Speis und Trank. Plus einer für den Stoff. Macht zusammen 24, also für jeden acht", sagte er. „So, jetzt mal kurz überlegen. Dann bekommt Martin von Daniel 6.000 Euro und von mir 1.000 Euro, richtig?", fragte er. Martin versuchte nachzudenken. „Hört sich gut an", sagte er schließlich. Die Drei konzentrierten sich jetzt voll und ganz auf das Frühstück. Anschließend duschten sie nacheinander und machten sich fertig. Es war bereits kurz nach elf, als sie gemeinsam die Suite verließen. Nach dem Auschecken verabschiedeten sie sich.

Matthias betrat das Büro. Simon stand vor der großen Tafel an der Wand. „Simon, Simon, was würdest Du nur ohne diese Tafel machen?", witzelte Matthias. Simon war in Gedanken vertieft. Es dauerte ein paar Sekunden, bis er die Anwesenheit von Matthias im Büro realisierte. „Ich gebe zu, die Tafel ist mein neues Lieblingsspielzeug", antwortete Simon. „Du pflasterst sie ja auch förmlich mit Informationen zu", neckte ihn Claudia. „Aber die Vorgehensweise hat sich bewährt", sagte Matthias jetzt völlig sachlich und frei von jeglichem Sarkasmus. „Die Kollegen drüben von der grenzüberschreitenden Kriminalität haben sich für unsere lückenlose Recherche und perfekte Vorarbeit bedankt", sagte Claudia. „Die haben sogar schon eine heiße Spur zurück nach Deutschland", ergänzte Matthias. „Dann haben wir doch alles richtig gemacht, oder?". Eine rhetorische Frage und Simon erwartete nicht wirklich eine Antwort. „Also volle Kraft voraus bei unserem aktuellen Fall", fuhr Simon fort und widmete sich voll und ganz seiner geliebten Tafel. „Das erste Meeting mit der Steuerfahndung hat uns enorm weitergeholfen", merkte Claudia an. „Das ist wohl so", sagte Matthias. „Wir konnten uns zumindest einen groben Überblick verschaffen." Simon zeigte auf die Tafel. „Und wir haben die ersten Namen." Die Moderationskarten waren mit Namen von Verdächtigen beschriftet. Die drei Ermittler hatten sie in zwei Gruppen aufgeteilt. Die Namen in der ersten Gruppe gingen nachweislich einer Tätigkeit in der Finanzbranche nach. Die Personen in der zweiten Gruppe hatten andere Berufe. „Mit denen hier sollten wir anfangen", sagte Simon und tippte dabei mit seinem Finger auf die Karten der zweiten Gruppe. „Da gebe ich Dir Recht", trällerte Matthias. „Hallo Jungs! Könntet ihr mal bitte die Blondine einweihen", forderte Claudia. „Matthias und Simon sahen zuerst sich an, und schauten dann fast gleichzeitig zu ihrer Kollegin rüber. „Zuerst wollte ich auch den unmittelbaren Weg gehen", fing Simon an. „Also bei den Leuten aus der Finanzbranche nachbohren?", wollte Claudia wissen. „Genau. Aber bei der anderen Gruppe vermute ich, dass einige eher einknicken, wenn wir sie mit Straftaten und möglichen Konsequenzen konfrontieren", antwortete Simon. „Wir haben auch so bessere Chancen zusammen mit der Steuerfahndung und Staatsanwaltschaft Strafminderung anzubieten, wenn wir durch Aussagen an die großen Fische rankommen", sagte Matthias. „Wenn wir uns zuerst die Finanzfritzen vornehmen, wittern sie die Gefahr und warnen sich womöglich gegenseitig", fügte Simon hinzu. „Ach, wenn ich Euch nicht hätte", zischte Claudia. „Na dann mal los. Wir haben sechs Namen. Jeder von uns recherchiert zwei Verdächtige", schlug Simon vor. „Ich nehme mir Andreas und Jan vor", preschte Matthias vor. „Dann schaue ich mir Marco und Patrick an", sagte Claudia. „Und für mich bleiben dann noch Stefan und Thomas übrig", stellte Simon fest.

Zwei Tage später trugen die drei Ermittler die Ergebnisse zusammen. Das alle sechs Verdächtigten den Beruf des Immobilienmaklers ausübten, war nicht überraschend. Claudia, Matthias und Simon hatten durchaus mit Übereinstimmungen gerechnet. So waren auch alle mit ihrem Hauptwohnsitz in Berlin gemeldet. Viel wichtiger waren der direkte Vergleich der auffälligen Börsengeschäfte und die daraus resultierenden, und eventuell bereits verübten, Straftaten. Hier waren tatsächlich erhebliche Unterschiede feststellbar. Andreas, Stefan und Thomas hatten jeweils bei nur einem Börsengeschäft versucht, den Fiskus zu betrügen. Die Steuerfahndung spricht hierbei nicht zwingend gleich von dem Straftatbestand der Steuerhinterziehung. Nach genauer Überprüfung, könnte hierbei eine leichtfertige Steuerverkürzung vorliegen. Der wichtigste Unterschied ist, dass es sich um eine Ordnungswidrigkeit handelt, wobei die Steuerhinterziehung in der Regel mit Freiheitsstrafen oder hohen Geldstrafen geahndet wird. Das wiederum unterstützte die Taktik der drei Kommissare. Sie informierten die sechs Verdächtigten über die laufenden Ermittlungen der Finanzbehörden. Alle wurden wegen des Anfangsverdachts einer Straftat vorgeladen. Die Verhöre sollten zeitgleich stattfinden. Die Gefahr, dass sie sich vorher abstimmten, schätzten die Ermittler als relativ gering ein. Außerdem würden sie das spätestens bei den Vernehmungen herausfinden. Die Steuerfahndung war bei Andreas, Stefan und Thomas mit einer Ordnungswidrigkeit einverstanden. Unter der Voraussetzung, dass weitere Beweise gefunden werden, um bei den anderen drei Immobilienmaklern oder weiteren Personen die Ermittlungen in Richtung Steuerhinterziehung zu intensivieren. Genau aus diesem Grund, wurden Jan, Marco und Patrick getrennt voneinander in Warteräume platziert. Andreas, Stefan und Thomas wurden, ebenfalls getrennt voneinander, aber zeitgleich vernommen. Nicht zuletzt wegen der geschulten Gesprächsführung, wurde bei diesen Dreien das gesteckte Ziel erreicht. Alle akzeptierten die angebotene Ordnungswidrigkeit. Als Folge musste der Gewinn ordnungsgemäß versteuert werden und es wurde eine kleine Geldstrafe verhängt. Im Gegenzug boten sie Teile des E-Mail-Verkehrs mit Jan, Marco und Patrick an. Diese sollten analysiert werden, um später als Beweise zur Verfügung zu stehen. Nach kurzer Rücksprache mit Holger, änderten Claudia, Matthias und Simon die Vorgehensweise. Ein Haftrichter ordnete für Jan, Marco und Patrick, als verfahrenssichernde Maßnahme, die Untersuchungshaft an. Der Plan ging auf. Die Drei reagierten mit einer deutlich gesteigerten Nervosität und Schweißausbrüchen auf diese Nachricht. Nachdem sie abgeführt wurden, stimmten die Ermittler die nächsten Schritte ab. „Wir haben eine Nachtschicht vor uns", sagte Simon. „Unangenehm, keine Frage", erwiderte Matthias. „Aber es wird sich für uns lohnen. Die Drei haben jetzt mal richtig Druck. Morgen werden sie uns alles erzählen. Und damit meine ich wirklich alles." Simon sah nachdenklich aus. „Irgendetwas gefällt Dir doch nicht, oder?", fragte Claudia ihn. „Die haben sich die Börsentipps per E-Mail ausgetauscht. Deshalb hat die Steuerfahndung uns eingeschaltet", sagte er. „Und?", hakte Claudia nach. „Das ist mir einfach zu dünn", stöhnte Simon. „Das ist doch keine Computerkriminalität." Matthias mischte sich ein. „Und was schlägt unser Sherlock Holmes vor?", fragte er mit einem deutlich ironischen Unterton. „Wir müssen bei den Verhören morgen explizit auf die E-Mails eingehen", forderte Simon. „Vielleicht irre ich mich ja auch. Aber vielleicht bekommen wir dadurch auch neue Erkenntnisse." Die Kommissare gingen die Akten von Jan, Marko und Patrick wieder und wieder durch. Erst spät in der Nacht verließen sie das Büro.

Der nächste Nachmittag. Gut vorbereitet starteten die drei Ermittler mit den Vernehmungen. Die Nacht im Gefängnis hinterließ Spuren bei den Verdächtigen. Die Coolness, die sie bei der gestrigen Begrüßung noch ausstrahlten, hatte Platz gemacht für die heute deutlich erkennbare Nervosität und Unsicherheit. Wie sie es zuvor besprochen hatten, gingen Claudia, Matthias und Simon in den zeitgleich, aber getrennt voneinander geführten Verhören, mit der gleichen Taktik vor. Zuerst stellten sie deutlich klar, dass es sich bei Steuerhinterziehung nicht um ein Kavaliersdelikt handelt. Vielmehr droht eine Freiheitsstrafe von bis zu fünf, und in besonders schweren Fällen, von bis zu zehn Jahren. Danach stellten sie Fragen zu jedem einzelnen Börsengeschäft, bei denen die Gewinne nicht versteuert wurden. Das war langwierig und brachte kaum neue Informationen. Das war aber so gewollt, und stellte einen wichtigen Teil der geplanten Zermürbungsstrategie dar. Zum Schluss folgten die von Simon geforderten Fragen zu den E-Mails.

Die Kommissare verabredeten sich nach Abschluss der Verhöre in ihrem Büro. Claudia und Matthias waren schon da, als Simon den Raum betrat und direkt auf die Tafel zulief. Er hielt eine beschriftete Moderationskarte in den Händen. Er wollte diese gerade mit einer Stecknadel an die Wand pinnen. „Was zum Teufel …", stammelte er. Auf der Tafel war bereits eine Karte dazu gekommen. Auf diese hatte Claudia den Namen *Martin* geschrieben. Simon drehte sich um und sah auf seine Karte. Dann hob er sie langsam, die beschriftete Seite zu Claudia und Matthias gewandt. Matthias war derjenige, der zuerst ein Wort hervorbrachte. „Da steht Martin", stotterte er. „Na das nenne ich mal eine interessante Spur", sagte Claudia. „Glückwunsch, Simon", fing Matthias an. Seine Stimme hatte sich wieder gefangen. „Da hast Du wohl mit Deiner Vermutung ins Schwarze getroffen. Dieser Marco hat ihn allerdings in keiner Silbe erwähnt." Claudia sah Simon an. „Jan dafür umso öfter", sagte sie. „Patrick auch", fügte Simon hinzu. „In welchem Zusammenhang?", wollte Matthias wissen. Simon setzte sich an seinen Schreibtisch und lehnte sich zurück. „Ich fragte Patrick nach seinem E-Mail-Anbieter. Die Idee war, dass wir über diesen neue Erkenntnisse gewinnen." Matthias zog die Augenbrauen hoch. „Ein interessanter Ansatz", sagte er. „Daraufhin erwähnte Patrick, dass er seit Ende 2004 einen BlackBerry nutzt. Und dieser Martin hat ihm dabei geholfen, auf dieses Mailsystem umzusteigen." Claudia stimmte nickend zu. Jan musste also genau das gleiche erzählt haben.

Es wurde ein weiteres Treffen mit den Kollegen von der Steuerfahndung vereinbart. Übereinstimmend beschlossen sie, dass die Fälle Jan, Marko und Patrick weitestgehend abgeschlossen waren. Die Staatsanwaltschaft konnte nun übernehmen und die Klagen vorbereiten. Claudia, Matthias und Simon beanspruchten die Ermittlungsakte Martin für ihre Abteilung beim Landeskriminalamt. Sie wollten im Detail überprüfen, ob, und im welchen Umfang dieser Fall etwas mit Computerkriminalität zu tun hatte. Weiterhin sicherten sie den Kollegen zu, sich umgehend zu melden, wenn Ansätze von Steuerstraftaten erkennbar werden. Mit diesem Fall waren die verfügbaren Ressourcen der drei LKA-Kommissare nahezu erschöpft. Sie baten daher die Steuerfahndung um Unterstützung. Denn jetzt konnten die Ermittlungen in dem Personenkreis der Finanzbranchen fortgeführt werden. Hier lag die Vermutung nahe, dass eher Straftaten im Bereich der Steuerhinterziehung entdeckt werden. Auch hier gab es das Agreement, das sich die Kollegen beim Landeskriminalamt meldeten, wenn sie auf Hinweise von Computerkriminalität stießen. Mit diesem Konsens konnten alle Beteiligten gut leben.

Als Erstes prüften Claudia, Matthias und Simon, ob Martin in der Vergangenheit bereits strafrechtlich in Erscheinung getreten ist. In der Tat fanden sie eine Anzeige von einer

Tanja. Sie unterstellte Martin, dass er heimlich ihre E-Mails mitlesen konnte. Sie präsentierte mit Yvonne auch gleich jemanden, die das angeblich bezeugen konnte. Aus Mangel an Beweisen wurde das Verfahren aber eingestellt. Dieser Vorwurf stand heute in einem komplett anderen Licht. Ein brauchbarer Hinweis, dass Martin es mit der Privatsphäre nicht ganz so ernst meinte. Das kanadische Unternehmen, welches die Systeme rund um den BlackBerry entwickelt und vermarktet, war die nächste Anlaufstelle. Die deutsche Niederlassung hat ihren Sitz im hessischen Eschborn. Die gute Zusammenarbeit mit der Spreebank und dem Berliner Webhosting Anbieter zahlten sich langsam aber sicher aus. Die Angst vor dem möglichen Imageverlust war bei den betroffenen Unternehmen deutlich spürbar. Das half bei der Argumentation, die Ermittlungen tatkräftig zu unterstützen. So auch in Eschborn. Die Verantwortlichen sicherten eine umfassende Kooperation zu. Zu diesem Zweck vereinbarte das hessische Landeskriminalamt einen Termin vor Ort. Claudia, Matthias und Simon buchten einen Linienflug von Berlin nach Frankfurt am Main. Am Flughafen wurden sie von den Kollegen in Empfang genommen und fuhren dann gemeinsam nach Eschborn. Auch hier war es der Sprecher der Geschäftsleitung, der die Ermittler freundlich empfing, und in einen modernen Besprechungsraum führte. Dort wurden sie zusätzlich von dem Technischen Leiter begrüßt. Zuerst bedankte sich der Vertreter der Geschäftsleitung für den Besuch und sicherte noch einmal die uneingeschränkte Zusammenarbeit zu. Er betonte dabei, dass es sich bei dem BlackBerry um ein weltweit genutztes System handelt. Unter einem immensen Aufwand ist es sichergestellt, dass alle Sicherheitsstandards immer auf dem aktuellen Stand sind. Dann machte der technische Leiter den Besprechungsraum zu seiner Bühne. Er zeigte eine aufwändig gestaltete aber dennoch kurzweilige Präsentation. Es gelang ihm, die komplexen Zusammenhänge so zu erklären, dass es auch Menschen verstehen, die gestern zum ersten Mal einen Computer bedienten. Im Vorfeld wurden die persönlichen Daten von Martin bereits übermittelt. Der technische Leiter konnte so den Kommissaren Martins komplettes Kundenprofil präsentieren. Martin erwarb eine Lizenz, um 100 BlackBerry Nutzer zu verwalten. Die dafür notwendige Hardware bezog Martin ausschließlich bei autorisierten Fachhändlern. Das Zahlungsverhalten war vorbildlich. Zum Abschluss erhielten die Ermittler noch eine CD, mit dem Hinweis, dass die darauf befindlichen Daten natürlich streng vertraulich sind. Dort fanden sich auch die Namen der aktiven Nutzer, welche Martin über seinen Account abwickelte.

Als Claudia, Matthias und Simon wieder in Berlin waren, hatte die Kriminaltechnik die Inhalte der CD bereits komplett ausgewertet und in einem übersichtlichen Bericht zusammengefasst. Es war keine große Überraschung, unter den BlackBerry Nutzern alte Bekannte wiederzufinden. Aber der Kreis der mutmaßlichen Straftäter wurde größer. Die jungen Ermittler fassten alle neuen Namen auf der Tafel in einer dritten, neuen Gruppe zusammen. Auch die Steuerfahndung freute sich über weitere 57 Verdachtsfälle. Claudia unterstützte die Kollegen dabei, die Namen auf Tatbestände im Bereich der Steuerhinterziehung zu überprüfen. Matthias und Simon waren damit beschäftigt, Teile des E-Mail-Verkehrs zwischen den BlackBerry Nutzern zu sichten. Diese E-Mails waren auch Bestandteil der CD und für die letzten 30 Tage auch lückenlos vorhanden. Eine Sisyphusarbeit, welche mehrere Tage in Anspruch nahm. Das Ergebnis konnte sich aber sehen lassen. Claudia fand bei den Steuerstraftaten ein gewisses Muster. Egal wer und in welchem Umfang Steuern hinterzogen hat. Diese Taten schien Martin quasi kopiert zu haben. Er befand sich damit unangefochten auf Platz 1 der Liste für ungeklärte Fälle der Steuerfahndung. Auch Matthias und Simon wurden bei den E-Mails fündig. Ein großer Anteil der Nachrichten fand sich als Kopien in dem Postfach von Martin wieder. Die Kommissare hatten genug Beweismaterial sichergestellt. Der zuständige Ermittlungsrichter zögerte nicht. Sofort ordnete er die Durchsuchung von Martins Wohnung an.

Claudia, Matthias und Simon bereiteten den Termin für die Durchsuchung penibel vor. Weil hier ein Eingriff in die Privatsphäre vorliegt, greifen ganz besondere Vorschriften, welche überwiegend in der Strafprozessordnung geregelt sind. Insbesondere gingen die Ermittler davon aus, Martin nicht in seiner Wohnung anzutreffen. Sie sorgten daher mit zwei Mitarbeitern des zuständigen Bezirksamts für die Zeugen. Vorgeschrieben bei fehlender Anwesenheit des Betroffenen. Weiterhin sorgten sie für eine ausreichende Unterstützung. Diese bestand aus zwei Kollegen vom LKA. Der nahe gelegene Polizeiabschnitt stellte zusätzlich vier Polizeibeamten zur Verfügung. Jetzt standen alle vor der großen hölzernen Wohnungstür in dem Altbau. Die Klingel ertönte. Keine Reaktion. Auch die Schläge gegen die Tür, begleitet von lauten Rufen, blieben erfolglos. Mit einem speziellen Rammbock verschafften zwei Polizisten der Gruppe Zugang zu der Wohnung. Eine Sirene erklang. Die Alarmanlage war schnell gefunden und wurde ebenfalls Opfer des Rammbocks. Der schrille Ton verstummte. Die vier Polizeibeamten überprüften das Schlafzimmer und das Bad, jetzt die Wohnküche. Sie gaben Entwarnung, da sich keine Personen in der Wohnung aufhielten. Claudia,

Matthias und Simon trauten ihren Augen nicht. „Das ist ein verdammtes Rechenzentrum", sagte Matthias. Es befanden sich gleich mehrere Serverschränke in der Wohnküche. Überall blinkte und summte es. Zwei große Klimageräte sorgten für eine konstante Temperatur. „Die Stromrechnung würde ich gerne sehen", witzelte Simon. „Hier gibt es kein einziges Blatt Papier", stellte Claudia fest. „Dann bauen wir den kompletten Krempel ab, um ihn zu beschlagnahmen", bestimmte Simon. „Ich rufe den Tatorterkennungsdienst", schlug Matthias vor. „Und ein Umzugsunternehmen", fügte er sarkastisch hinzu. Einer der Polizisten schlug vor, am Sicherungskasten im Flur, die komplette Stromzufuhr zu unterbrechen. Simon erledigte das. Das Summen wurde leiser und das Blinken weniger. Dafür piepste es an etlichen Stellen. „Bei mir sieht ein Stromausfall anders aus", sagte Claudia. „Wahrscheinlich eine batteriebetriebene Notstromversorgung", bemerkte einer der Kollegen vom LKA. „Davon habe ich schon einmal gehört", sagte Simon. „Die verbleibende Zeit wird genutzt, um alles zu sichern. Danach fährt das komplette System herunter", erklärte der Kollege weiter. Die Polizei war den ganzen Tag beschäftigt, das komplette Equipment abzubauen und mit einem LKW zum Landeskriminalamt zu transportieren. Nachdem die Zeugen das Protokoll mit den beschlagnahmten Gegenständen mehrfach überprüft hatten, wurden sie entlassen. Die Tür wurde notdürftig gesichert und mit einem Siegel versehen.

So etwas war auch für die Kriminaltechnik ein Novum. Die Überprüfung der einzelnen Server und Analyse der darauf befindlichen Daten nahm gleich mehrere Tage in Anspruch. Claudia, Matthias und Simon wurden regelmäßig über Teilergebnisse informiert. Sie konnten so die Ermittlungen fortführen. Desto mehr Daten ausgewertet wurden, umso mehr verhärteten sich die Vorwürfe gegen Martin. Auch die Steuerfahndung hatte bereits genug Beweismaterial für mehrfachen Steuerbetrug in besonders schweren Fällen. Die vorliegenden Informationen deuteten auf Steuerschulden von mindestens einer Million Euro hin. Ohne erkennbare Milderungsgründe sieht hier die Rechtsprechung in der Regel Freiheitsstrafen ohne Bewährung vor. Holger bildete eine Sonderkommission. Simon übertrug er die Leitung. Neben Claudia, Matthias und zwei weiteren Kollegen vom Landeskriminalamt, stellte die Steuerfahndung auch zwei Mitarbeiter zur Verfügung. Die hauptsächliche Aufgabe bestand in der Aufarbeitung der vorliegenden Beweismittel. Das Ziel war ein lückenloser und schlüssiger Bericht für die Staatsanwaltschaft. Holger formulierte unmissverständlich, dass er bei der Beantragung des Haftbefehls gegen Martin, wenig Lust auf quälende Rückfragen durch den Haftrichter hatte. Die Mitglieder der Sonderkommission trafen sich ab sofort jeden Morgen um 09:00 Uhr zu einer Besprechung. Simon bildete zwei Teams. Claudia und jeweils ein Kollege vom LKA und der Steuerfahndung bildeten das erste Team. Matthias und die beiden anderen Kollegen das Zweite. Nach vier Tagen intensiver Ermittlungsarbeit war Simon am Ziel. Er besprach mit Holger die erzielten Ergebnisse. „Alle BlackBerry Nutzer, welche Martin über seine Server verwaltete, haben nachweislich an der Börse spekuliert", fing Simon an. „Martin hatte also ausschließlich diese Zielgruppe im Visier?", wollte Holger wissen. „Genau. Von Patrick wissen wir, dass er Ende 2004 einen BlackBerry bekommen hat", fuhr Simon fort. „Wir können nachweisen, dass Patrick der erste Nutzer war." Holger sah sich die von Simon aufbereiteten Unterlagen an. „Und bis heute kamen dann noch über 60 Nutzer hinzu?", fragte er. Simon nickte. „Aber jetzt kommt der Hammer. Die IT-Spezialisten von der Kriminaltechnik konnten eine geschützte Datenbank weitestgehend rekonstruieren", erklärte Simon. „Bitte nicht zu kompliziert", stöhnte Holger. „Keine Angst. Einfach ausgedrückt, Martin konnte alle E-Mails mitlesen. Er fasste die Inhalte der Nachrichten in dieser Datenbank zusammen", sagte Simon. „Mit welchem Hintergrund?", fragte Holger. „Er bildete alle Börsentipps nach und wurde damit steinreich." Simon lehnte sich zurück. „Wie reich?", wollte Holger wissen. „Aktuell können wir das nur schätzen. Auf jeden Fall über 20 Millionen Euro." Holger schnappte nach Luft. „Dieser widerliche kleine Dreckskerl", polterte er los. Es folgten noch weitere Flüche. Dabei zählten die Begriffe Halsabschneider, Bandit oder Freibeuter eher noch zu den harmloseren Ausdrücken. Simon erinnerte sich sofort an seine Kindheit. Holger mutierte vor seinen Augen zu einem zweiten *Kapitän Haddock*. Der häufig schlecht gelaunte und cholerische Charakter aus der beliebten Comicserie *Tim und Struppi*. „Halleluja. Und herzlichen Glückwunsch Simon. Das habt ihr toll gemacht. Ich werde jetzt sofort alles Weitere veranlassen. Staatsanwalt, Haftrichter, das volle Programm." Simon stand auf. Auf dem Weg zur Tür verabschiedete er sich bei Holger. „Heute Abend habe ich den Haftbefehl. Dann schnappt ihr Euch diesen Spinner", rief ihm Holger hinterher.

Martin checkte seine E-Mails auf dem BlackBerry. Die Nachrichten informierten ihn erst über eine Auslösung der Alarmanlage und dann über den Ausfall seiner Server. Danach hatte er keine E-Mails mehr erhalten. Dafür waren gleich zwölf Anrufer auf seiner Mailbox. Alles BlackBerry Nutzer, welche sich über den Ausfall der E-Mail-Services beschwerten. Kein gutes Zeichen. Tausend Gedanken schwirrten Martin im Kopf herum. Mit seinem Porsche fuhr

Martin ganz in die Nähe seiner alten Wohnung. Er parkte direkt vor einem Café. Er betrat das Lokal und suchte sich einen freien Platz, von dem er aus die Straße und sein Auto beobachten konnte. Martin bestellte sich einen Cappuccino. Rechts neben ihm saß ein junges Pärchen. Keine Frage, frisch verliebt. Links neben ihm hatten zwei junge Männer Platz genommen. Sie sprachen über die neuesten Handys. Diese Unterhaltung war für Martin deutlich interessanter. Er wartete den passenden Moment ab. „Sorry Jungs, dass ich Euch störe. Ihr kennt ja wirklich die aktuellsten Geräte auf dem Mobilfunkmarkt", preschte Martin vor. „Ja, richtig", stammelte der Eine. „Wir versuchen halt immer gut informiert zu sein", fügte der Andere hinzu. „Ich schwöre ja auf den BlackBerry", sagte Martin. „Sehr cool, aber leider viel zu teuer", kam prompt die Antwort. Volltreffer. „Könnt ihr Beiden mir vielleicht helfen?", fragte Martin. „Worum geht es?", wollte der Zweite wissen. „Meine Freundin wohnt hier um die Ecke", log Martin. „Ich vermute, sie betrügt mich." Martin bemerkte eine Mischung aus Skepsis und Interesse bei den Beiden. „Wenn Einer von Euch mal kurz mal rüber geht, klingelt und die Lage checkt, schenke ich Euch jeder einen neuen BlackBerry. Der Andere kann bei mir bleiben. Damit ich Euch keinen Scheiß erzähle." Die Skepsis war fast ganz verschwunden und die beiden jungen Männer fingen direkt an zu strahlen. Sie stimmten sich kurz ab. Dann stand einer von ihnen auf, fragte Martin nach der genauen Adresse und verließ anschließend das Café. Martin griff in seine Manteltasche und zog seine Brieftasche heraus. Er holte einen 500-Euro-Schein heraus und legte diesen auf den Tisch. „Für Euch. Falls ich nicht wiederkomme. Ich gehe kurz zum Auto und hole die beiden Telefone", sagte Martin. „Aber keine Angst. Ich bin gleich wieder da." Ohne ein weiteres Wort zu verlieren, stand

Martin auf und ging zu seinem Porsche. In seinem Kofferraum hatte er immer nagelneue BlackBerry Modelle. Er schnappte sich zwei und betrat wieder das Café. Er stellte die beiden ungeöffneten Verpackungen auf den Tisch und setzte sich. Er nahm die Banknote und verstaute diese in seiner Brieftasche. „Da bin ich wieder", sagte er. Der Mund von dem jungen Mann war immer noch geöffnet. Wahrscheinlich hatte er ihn gar nicht mehr zu gemacht, seitdem der Geldschein auf dem Tisch lag. Nach wenigen Minuten kam der Zweite wieder herein. Völlig außer Puste ließ er sich auf den Stuhl fallen. Er war kreidebleich. „Was ist denn mit Dir passiert?", fragte der, welcher bei Martin zurückgeblieben ist. „So eine Scheiße. Die Wohnungstür ist von der Polizei versiegelt worden", stotterte er los. „Unten auf der Straße bin ich dann von zwei Beamten in Zivil kontrolliert worden. Ich musste mich ausweisen und den Inhalt meiner Taschen zeigen." Langsam, ganz langsam wirkte er wieder gefasster. „Danke. Ihr habt mir echt weitergeholfen", sagte Martin. Wieder fingerte er in seiner Brieftasche rum. Dann legte er einen 50-Euro-Schein auf den Tisch. „Ich lade Euch ein. Und hier, wie versprochen, die beiden Telefone. Und nochmal danke." Martin verließ das Café.

Martin lenkte seinen *Cayenne* auf direktem Weg zu der Autobahn 114, dem nördlichen Zubringer, der am Dreieck Pankow in den Berliner Ring mündet. Dann weiter bis zum Dreieck Havelland und von dort aus über die Autobahn 24 nach Hamburg. Martin rief bei einem Reservierungsservice für Hotels an. Nach dem kurzen Telefonat konnte er die Adresse in sein Navigationsgerät eintippen. Für die knapp 300 Kilometer bis zum Hotel *Vier Jahreszeiten* in Hamburg benötigte Martin keine zwei Stunden. Genug Zeit, um seine Gedanken zu sortieren. Was war jetzt wichtig? Was war jetzt zu tun? Und vor allem in welcher Reihenfolge? In Hamburg angekommen parkte Martin seinen Porsche in der hoteleigenen Tiefgarage. Das Hotel *Vier Jahreszeiten* lag direkt an der Binnenalster. Sehr viele Geschäfte in direkter Umgebung. Ideal, um die notwendig gewordene Shopping Tour zu Fuß zu bewältigen. Durch den Aufbruch Hals über Kopf in Berlin, benötigte Martin neue Kleidung und den ganzen Krimskrams für die tägliche Kosmetik. Als er das erledigt hatte, ging Martin zurück zum Hotel. Er entschied sich für einen langen Aufenthalt unter der heißen Dusche. Martin lümmelte sich auf das sehr große, gemütliche Bett. Er schnappte sich seinen *Apple MacBook* und dachte nach. Erst die Alarmanlage. Dann der Ausfall der Server. Die Wohnungstür versiegelt und Polizisten direkt vor der Tür. Martin konnte es zwar nur vermuten, aber eigentlich passte es gut zusammen. Die Polizei hatte ihm die komplette Bude leer geräumt. Jetzt genau überlegen. Die werden sicherlich ein paar Tage benötigen, um die Daten auf den Servern zu analysieren. Diesen Vorsprung musste Martin nutzen. Er musste sich in das Ausland absetzen. Der Fluchtplan musste perfekt sein. Geld spielte keine Rolle. Martin konnte sich also auf die, so wichtige für ihn, Vollkommenheit bei der Planung konzentrieren. Gefälschte Reisedokumente waren nicht die schlechteste Idee. Er klappte das *MacBook* auf und öffnete das Programm *ICQ*. Er dachte an Robert. Wer Kokain besorgen kann, der kennt bestimmt auch andere schmierige Leute. „Hi Rob. Ich benötige einen Reisepass. Kennst Du jemanden?", tippte Martin. „Ja. Hier ist seine Handynummer…", war die prompte Antwort von Robert. Sehr gut. Martin wählte die Nummer. Es dauerte eine Weile bis eine Antwort kam. Mit einem knappen „Ja?", fiel diese allerdings sehr kurz aus. „Hallo. Ich habe Deine Nummer von"; fing Martin an, als er direkt unterbrochen wurde.

„Keine Namen. Was willst Du?", zischte die Stimme. „Äh, sorry. Ich brauche einen Reisepass", sagte Martin. „Kein Thema. Passfoto und 5.000 Euro in einem verschlossenen Umschlag. Ich rufe Dich in den nächsten zwei Tagen an", war die Antwort. Das Telefonat wurde beendet. Martin hatte Schweißperlen auf seiner Stirn. Na und. Wieder war ein wichtiger Teil seines Plans erledigt. Und nur das zählte. Ab sofort durfte er seine Kreditkarten nicht mehr benutzen. Scheiße. Bei der Reservierung des Hotels hatte er direkt mit der Kreditkarte bezahlt. Vielleicht gar nicht so übel. Sollte die Polizei doch in Hamburg anfangen zu suchen. Was war sonst noch zu beachten? Alle Adressen meiden, die direkt mit Martin in Verbindung gebracht werden könnten. Also war sein Penthouse ebenfalls tabu. Martin hatte die neue Anschrift der Meldebehörde noch nicht mitgeteilt. Das hätte übrigens innerhalb von 14 Tagen nach seinem Umzug geschehen müssen. Das allerdings war jetzt nicht Martins größtes Problem. In seiner Wohnung befanden sich nur Gegenstände, die jederzeit ersetzt werden konnten. Rein monetär betrachtet, bedeutete es aber einen herben Verlust. Das Risiko war aber einfach zu hoch. Nach einer kurzen Recherche im Internet, entschied sich Martin, nach Südamerika zu fliehen. Auf ein bestimmtes Land wollte er sich nicht festlegen. Vielleicht war es sogar notwendig, dort seinen Aufenthaltsort noch einmal zu ändern. Und das eventuell länderübergreifend. Für einen direkten Flug nach Südamerika, gab es gleich mehrere europäische Flughäfen, welche Martin als Zwischenstopp nutzen konnte. Dabei strich er Frankfurt am Main von seiner Liste. Er wollte so schnell wie möglich Deutschland verlassen. Also kamen Amsterdam, London und Paris in die engere Wahl. Martin suchte sich mehrere Flugrouten aus, um flexibel zu bleiben. Das lief ja wie am Schnürchen. Kurz überlegte Martin, dass es viel zu einfach war. Aber diesen Gedanken verdrängte er wieder. Andere Sachen beschäftigten ihn mehr. Erst spät, viel zu spät fand Martin in den Schlaf. Es erwartete ihn eine unruhige Nacht. Die Dusche am nächsten Morgen half ihm etwas dabei, zu vergessen, wie schlecht er geschlafen hatte. Nach einem reichhaltigen Frühstück, packte Martin seine Sachen zusammen. Er checkte aus und traf eine weitere, für ihn nur schwer zu ertragene, Entscheidung. Martin lies den *Porsche Cayenne* einfach in der Tiefgarage stehen und machte sich auf den Weg zum Bahnhof. Vorher verstaute er die 250.000 Euro, welche er bis dato im Kofferraum in einem Aktenkoffer aufbewahrte. Er wusste genau, dass er das Auto wahrscheinlich nie wieder sehen würde.

Im Hamburger Hauptbahnhof kaufte Martin eine Fahrkarte für die 1. Klasse im nächsten *ICE* nach Berlin. Er bezahlte mit Bargeld. Auf der gut zweistündigen Fahrt, versuchte Martin noch etwas Schlaf nachzuholen. Das Vibrieren von seinem BlackBerry hinderte ihn aber daran. Ein Anruf mit unterdrückter Rufnummer. „Hast Du die Kohle und ein Foto?", wollte der Anrufer wissen. „Ja", antwortete Martin kurz. „Gut. Du deponierst den Umschlag in einem Schließfach im Ostbahnhof. Dann gehst Du in den Asia Imbiss im Erdgeschoß und fragst nach *Chim Tung*. Dem gibst Du den Schlüssel. Alles klar?". Martin versuchte, die Informationen zu verarbeiten. Dabei schien ihm nur dieser vietnamesische Name wichtig zu sein. „Ja. Alles klar", antwortete Martin. Er ging zum nächsten Toilettenraum und schloss die Tür hinter sich zu. Im Hotel hatte er sich an der Rezeption einen leeren Briefumschlag geben lassen. Er griff in seine Tasche und zählte zehn 500-Euro-Scheine ab und packte diese in den Umschlag. Der ICE hielt direkt am Ostbahnhof. Martin suchte einen Passfotoautomaten. Danach befolgte er die weiteren Anweisungen von dem Anrufer. Als wenn es ihm etwas nützen würde, schaute sich Martin öfters um. Auf dem Weg zu den Schließfächern. Und auf dem Weg von dort zurück zu dem Asia Imbiss. Aber es verlief alles ohne Zwischenfälle. Martin stand vor einem großen Plan, der den kompletten öffentlichen Personennahverkehr von Berlin zeigte. Von hier aus waren es lediglich zwei Stationen mit der S-Bahn bis zum Alexanderplatz. Martin entschied sich dafür und stieg in die S-Bahn in Richtung Spandau. Der Alexanderplatz ist ein wichtiger Berliner Umsteigebahnhof, mehr als 120.000 Menschen steigen hier täglich ein oder um. Weiterhin bietet der Alexanderplatz gleich unzählige Unterkünfte in der Nähe. Martin wählte allerdings ein eher kleineres Hotel.

Sein nächster Weg führte Martin in einige von den vielen Geschäften. Er besorgte sich zwei unterschiedlich große Taschen, welche beide als Handgepäck mit an Bord eines Flugzeuges mitgenommen werden durften. Kleidung stand auch wieder auf Martins Einkaufsliste. Zurück im Hotel packte er die beiden Taschen. Das Bargeld verteilte er in die vielen kleinen Seitenfächer. Die Kleidung, welche nicht mehr in die Taschen passte, wollte Martin in den nächsten Tagen bis zum Abflug noch tragen. Nachdem sich der Typ mit dem Reisepass das nächste, und dann wahrscheinlich zum letzten Mal meldete, wollte Martin seinen BlackBerry entsorgen. Für die Zeit danach, kaufte Martin drei einfache Mobiltelefone, als sogenannte Prepaid Starterpakete. Drei unterschiedliche Netzbetreiber, aber das gleiche Modell, somit konnte Martin das Ladegerät untereinander tauschen. Für jedes der drei Netze erwarb Martin dann noch jeweils zwei Guthabenkarten in Höhe von je 50 Euro.

Simon konnte sich sehr gut vorstellen, dass Holger gerade strahlte wie ein Honigkuchenpferd. Seine Stimme deutete das jedenfalls an, als er mit ihm telefonierte. „Ich habe den Haftbefehl. Wie versprochen", hörte Simon ihn sagen. „Ich habe das übliche Prozedere angeleiert. Handyortung, seine Kreditkarten werden überwacht und wir bekommen eine Info, wenn er an einem deutschen Flughafen eincheckt." Simon war beeindruckt. Er konnte sich bei solchen Dingen hundertprozentig auf Holger verlassen. Simon befand sich bereits auf dem Heimweg, als Holger ihn anrief. Heute war es spät geworden. Katrin umarmte ihn innig und gab Simon einen zärtlichen Kuss, als er die Wohnung betrat. „Hallo meine schöne Braut", begrüßte Simon sie. „Ich kann es noch gar nicht richtig glauben, dass wir jetzt verheiratet sind", flüsterte Katrin in sein Ohr. Simon löste sich aus ihrer Umarmung. Sie gingen in das Wohnzimmer und machten es sich auf dem Sofa bequem. „Es war wirklich der schönste Tag in meinem Leben", schwärmte Katrin. „So wie es sein sollte", ergänzte Simon. Als sie weiter in diesen Erinnerungen schweiften, lief ihre Hochzeit noch einmal wie ein Film ab.

Am Morgen der standesamtlichen Trauung, es war ein Donnerstag, trafen sich Simon und sein Bruder bei der Autovermietung. Für die nächsten vier Tage hatten sie einen *Mercedes-Benz CLK Cabrio* angemietet. Am Counter wurden sie freundlich begrüßt. Die Formalitäten waren schnell erledigt. Die freundliche Mitarbeiterin begleitete sie zum Fahrzeug. Der silberne Lack glänzte im Sonnenschein. Nach einer kurzen Einweisung brausten sie los. Das Wetter erlaubte es, das Cabrio offen zu fahren. Der Terminplan war eng gestickt. Trotzdem gönnten sie sich ein paar Extrarunden und fuhren nicht den direkten Weg zum Floristen.

Die Inhaberin des Blumengeschäftes hatte sich mit dem Gesteck für die Motorhaube große Mühe gegeben. Das Ergebnis war ein Blumenschmuck, bestehend aus roten Rosen. Diese formten zwei verschlungene Herzen. Die Außenspiegel wurden mit Bändern verziert. Nachdem das Fahrzeug fertig geschmückt war, fuhren Simon und sein Bruder zu ihren Eltern. Simons Schwester war bei Katrin. Neben guten Tipps von einer bereits verheirateten Frau, konnte sie vor allem zur Beruhigung der Braut beitragen. Der Friseursalon, in dem Katrin Stammkundin war, bot einen ganz besonderen Service an. Ein Stylist kümmerte sich bei Katrin zu Hause, sowohl um die Brautfrisur, den Kopfschmuck und das dazu abgestimmte Make-Up. Katrin wählte für die standesamtliche Trauung ein elegantes Kleid und dazu eine hochgesteckte Frisur. Das bezaubernde Brautkleid sollte erst am Samstag in der Kirche die Gäste zum Staunen bringen. Genau wie Simons Hochzeitsanzug. Für heute suchte er sich einen sehr gut sitzenden Business Anzug aus. Simons Eltern fuhren schon los in Richtung Zoologischer Garten. Sie hatten die ehrenvolle Aufgabe am Haupteingang die Hochzeitsgäste in Empfang zu nehmen. Simon und sein Bruder machten sich auf den Weg, um die Braut abzuholen. Jetzt nahmen Katrin und Simon auf der Rückbank Platz und Simons Bruder fuhr das Cabrio. Er wählte die Strecke über die Clayallee bis zum Roseneck und weiter über die Hubertusallee. Sicherlich, es gab eine kürzere Route zum Zoo. So konnte aber das Brautpaar eine Fahrt über den kompletten Kurfürstendamm genießen. Vom Rathenauplatz angefangen, in östlicher Richtung bis zum Joachimstaler Platz. Andere Autofahrer hupten, als sie das geschmückte Cabrio entdeckten. Passanten blieben stehen, und winkten freundlich oder jubelten dem Paar zu. Als sie vor dem Zoologischen Garten vorfuhren, wurden Katrin und Simon von ihren Gästen lautstark begrüßt. Das Auto des Brautpaares durfte das Gelände befahren. Im Schritttempo, und der Hochzeitsgesellschaft im Schlepptau, fuhr Simons Bruder vom Haupteingang bis zum Flusspferdhaus. Dort warteten bereits die Standesbeamtin und der Fotograf. Sich das Eheversprechen an diesem Ort zu geben, war für Katrin und Simon ein ganz besonderes Erlebnis. Denn wer konnte schon von sich behaupten, dass Nilpferde als Trauzeugen aufgetreten waren. Tierpfleger fütterten die großen Säugetiere direkt nach der Trauung. Der Fotograf setzte dies perfekt in Szene. Das glückliche Brautpaar Arm in Arm. Im Hintergrund ein majestätisch anmutendes Flusspferd, welches gerade aus dem Wasser auftaucht.

Am nächsten Tag nahmen sich die frisch Vermählten eine wohlverdiente Auszeit. Katrin und Simon schliefen länger und gingen ganz gemütlich frühstücken. Anschließend gingen sie spazieren. Dabei kam Katrin die Idee, einen Film im Kino anzuschauen. Die Wahl war schnell getroffen. Beide waren bekennende *James Bond* Fans. Letzte Woche war die Premiere von *Casino Royale*, dem ersten Film mit *Daniel Craig* als Geheimagent 007. Im weiteren Verlauf ihres Spazierganges, unterhielten sich Katrin und Simon sehr angeregt über einer der wirtschaftlich erfolgreichsten Reihen in der Filmgeschichte. Unter großer Anstrengung und mit viel Nachdenken, gelang es den Beiden sogar alle Titel in der richtigen Reihenfolge aufzuzählen. Dabei fiel ihnen auf, dass die ersten vier *James Bond* Filme jeweils nur mit einem Jahr Abstand Premiere feierten. Mit dem 1967 erschienenen Film *Man lebt nur zweimal*, startete ein mehr oder weniger genauer Zweijahresrhythmus. Dieser endete 1989 mit *Lizenz zum Töten* abrupt. Fast sechseinhalb Jahre mussten die Fans auf Golden Eye warten. Der Film erschien 1995 und stellte gleichzeitig den Beginn der Ära *Pierce Brosnan* dar. Auch wurde die Premiere von dem Sommer in den Herbst verlegt. Die nächsten beiden Filme kamen, mit dem gewohnten Abstand von zwei Jahren, 1997 und 1999 in die Kinos. Erst drei Jahre später folgte mit *Stirb an einem anderen Tag* der letzte James Bond Film. Jetzt mussten Katrin, Simon und alle anderen Fans sogar vier Jahre warten. Umso mehr freuten sie sich auf ihren Kinobesuch am heutigen Abend.

Eine Mischung aus Vorfreude und Hektik bestimmte den Samstagvormittag. Katrin hielt sich bei ihren Eltern auf. Die Mutter und Schwester halfen ihr bei der Ankleide. Das Brautkleid war atemberaubend. Auch der Stylist war wieder vor Ort. Er sorgte mit der offenen Frisur für einen Traum, und setzte mit dem Kopfschmuck die richtigen Akzente. Simon war ebenfalls bei seinen Eltern. Er hatte sich für einen *Cutaway* entschieden. Ein richtiger Klassiker unter den Kleidungsstücken für Bräutigame. Der hellgraue Cut ist ein Gehrock mit rundem Abstich. Die Hose und die Weste waren aus dem gleichen Stoff. Die schwarzen Schuhe, ein weißes Hemd mit silbergrauer Krawatte und der Zylinder vollendeten das Outfit. Simons Bruder bot sich wieder an, das Cabrio zu fahren. Simon rutschte auf dem Sitz hin und her. Auf dem Weg zu der Kirche verlor er kein einziges Wort. Als Simon jeden einzelnen Hochzeitsgast persönlich begrüßte, wich die Anspannung für einen Moment. Als er aber alleine vor dem Altar stand, war er schlagartig wieder aufgeregt. Sehnsüchtig blickte er in Richtung Eingang und wartete tapfer auf seine Katrin. Als die große Kirchenorgel die ersten Töne eines Intros anschlug, drehten sich die Hochzeitsgäste, fast gleichzeitig, alle um. Jetzt erklang der *Hochzeitmarsch* von *Felix Mendelssohn Bartholdy* und die

Türen wurden geöffnet. Mit langsamen Schritten führte Katrins Vater die Braut durch den Mittelgang zum Altar. An die nächsten Minuten konnten sich Katrin und Simon nicht genau erinnern. Der Pfarrer segnete die, vor dem Standesamt gültig geschlossene, Ehe. Das entsprach dem vorherrschenden Verständnis der evangelischen Kirchen im deutschen Sprachraum.

Nach der kirchlichen Trauung folgte ein umfangreiches Fotoshooting vor der Kirche. Danach machte sich die Hochzeitsgesellschaft auf den Weg. Katrin und Simon wählten nach der Besichtigungstour den Spreespeicher für ihre Hochzeitsfeier aus. Um die Stadtautobahn zu meiden, führte die Strecke von Nikolskoe quer durch Berlin. Die ersten 22 Kilometer fuhr der Autokorso fast nur geradeaus, auf der Bundesstraße 1. Dennoch änderte sich gleich acht Mal auf dieser Etappe der Straßenname. Angefangen bei der Königstraße, über die Potsdamer Chaussee, Potsdamer Straße und die Berliner Straße. Unter den Eichen geht es weiter über die Schloßstraße, Rheinstraße und Hauptstraße. Das letzte Stück bis zur *Neuen Nationalgalerie* heißt dann Potsdamer Straße. Hier bog die Kolonne rechts ab und fuhr die nächsten drei Kilometer den *Landwehrkanal* entlang. Auf den letzten vier Kilometern wurden sie von der ältesten Hochbahnstrecke Berlins begleitet. Diese wird nur von der U-Bahn-Linie 1 befahren und überquert, genau wie der Straßenverkehr, auf der Oberbaumbrücke die Spree. Bereits von der Brücke aus, konnte die Hochzeitsgesellschaft auf der rechten Seite den Spreespeicher bewundern. Mit dem Sektempfang auf der großen Terrasse, wich auch merklich die Anspannung von dem jungen Brautpaar. Die Party konnte beginnen. Katrin und Simon hatten mit der Auswahl des 4-Gänge-Menüs versucht, allen gerecht zu werden. Die

Vorspeise bestand aus *Salaten der Jahreszeit mit Dressing an Scampi in Kräuterknoblauchöl mariniert*, dazu wurden *Ciabatta Brot*, *Hummerbutter* und *Forellenkaviar* gereicht. Abgerundet wurde dieser Gang mit einem *Rahmsüppchen von frischen Kräutern*. Als Hauptspeise genossen die Gäste ein *Filet vom Angus-Rind, rosa gebraten*, dazu eine feine *Gemüseauswahl, geschwenkte Champignons, gebackene Kartoffelbällchen und Nusskartoffeln*. Das Dessert bildete ein *Sweet-Ananas-Carpaccio an Erdbeerparfait* und *süßem Pesto*. Den gemütlichen Teil eröffneten Katrin und Simon nach einer kurzen Pause mit einem klassischen Walzer als Hochzeitstanz. Im Vorfeld hatten die Beiden nur für diesen Moment Tanzstunden genommen. Nach einer anfänglichen Unsicherheit, kamen sie jedoch schnell in den Takt und beeindruckten das staunende Publikum. Der Diskjockey animierte, mit einer geschickten Musikauswahl, fast alle Gäste die Tanzfläche zu nutzen. Später wurde die liebevoll gestaltete Hochzeitstorte serviert. Dieses Werk höchster Konditorkunst beinhaltete drei Herzen mit unterschiedlicher Größe. Diese waren in drei Lagen übereinander platziert. Auf dem kleinsten Herz ganz oben thronte ein Brautpaar als Figur. Eine Girlande aus Marzipan, zu Rosen und Blättern geformt, wand sich um die gesamte Torte. Natürlich durften die traditionellen Hochzeitsspiele nicht fehlen. Und so nahmen es die Trauzeugen in die Hand für entsprechende Kurzweil zu sorgen. Bei einem Spiel mussten Katrin und Simon, Rücken an Rücken, auf Stühlen Platz nehmen. Jeder bekam zwei Schilder in die Hand gedrückt. Auf dem einen stand „SIE", auf dem anderen „ER". Jetzt wurden Fragen gestellt, bei denen das Brautpaar nur mit „SIE" oder „ER" antworten konnte. Wer schläft morgens länger? Wer kann besser kochen? Wer macht häufiger Komplimente? Wer kann besser Auto fahren? Wer gibt beim Sex den Ton an?

Wer wollte heiraten? Wer zeigte die Initiative für den ersten Kuss? Wenn Katrin und Simon durch Hochhalten der Schilder übereinstimmend antworteten, bekamen sie einen Punkt. Zwischendurch unterhielt der Diskjockey die Gäste weiter mit Musik. Neben Oldies, Schlager und bekannten Partyliedern, durften die aktuellen Chartplatzierungen nicht fehlen. Egal ob *Bob Sinclar* mit *Love Generation* oder *Gnarls Barkley* mit *Crazy*, *Mattafix* mit *Big City Life* oder *Madonna* mit *Hung Up*. Es wurde getanzt und bis spät in die Nacht ausgelassen gefeiert.

Müde aber überglücklich fuhren Katrin und Simon zum Potsdamer Platz. Sie hatten im *Grand Hyatt* reserviert. Selbst zu dieser fortgeschrittenen Uhrzeit zogen sie beim Betreten der Hotellobby noch alle Blicke auf sich. Die Dame an der Rezeption begrüßte sie freundlich und sprach die allerbesten Glückwünsche zur Hochzeit aus. Auf dem Zimmer würden sie eisgekühlten Champagner und einen kleinen Mitternachtssnack finden. Traditionell trug Simon seine Katrin über die Schwelle in das Hotelzimmer. Dabei küsste er sie zärtlich. Die Tür fiel in das Schloss und sie genossen eine wunderschöne Hochzeitsnacht.

Katrin und Simon hatten das gleiche Gefühl, als wenn sie nach einem sehr angenehmen Traum langsam erwachten. Katrin sah Simon lange in seine Augen. „Ja, ich bleibe dabei. Der schönste Tag in meinem Leben", hauchte sie zärtlich. Simon nahm sie in den Arm. „Jetzt hat uns die Realität wieder", sagte er. „Holger rief mich an. Wir haben den Haftbefehl für diesen Spinner, von dem ich Dir erzählt habe. Die Suche nach ihm und seine Festnahme haben jetzt bei uns oberste Priorität." Katrin löste sich ein wenig aus seiner Umarmung und strich über seine Wange. „Das trifft uns aber nicht unvorbereitet. Damit mussten wir rechnen", erwiderte sie. „Dann müssen wir auf unsere Flitterwochen wohl noch ein wenig warten. Dafür werden sie dann umso schöner", sagte Simon. Katrin stand auf und ging in die Küche. Sie kam mit zwei Schokoladenriegeln zurück. Einen davon warf sie Simon zu. „Ich bin schließlich mit einem Bullen verheiratet", fing sie an zu scherzen. „Also, schnapp ihn Dir, Cowboy." Simon schaute abwechselnd auf den Riegel in seiner Hand und auf Katrin. „Mach ich, schöne Squaw", antwortete er.

Am nächsten Morgen besprachen Claudia, Matthias und Simon die weitere Vorgehensweise. „Was haben wir denn bis jetzt?", wollte Simon wissen. „Handyortung negativ", sagte Matthias. „Drei Tage nach unserer Durchsuchung hatten wir die letzte Position. Am Alexanderplatz. Danach Funkstille." Simon vermerkte diese Information an der Tafel. „Gibt es ein Bewegungsprofil für die Tage nach der Durchsuchung?", fragte er. Matthias blätterte in seinen Unterlagen. „Das ist interessant", fing er an. „Am selben Abend war Martin ganz in der Nähe seiner Wohnung. Dann haben wir mehrere Positionen auf der Autobahn zwischen Berlin und Hamburg." Matthias blätterte um. „Am nächsten Tag Hamburger Hauptbahnhof und Berlin Ostbahnhof. Und die beiden letzten Tage Alexanderplatz und Umgebung." Auch diese Hinweise fanden Platz auf der Tafel. „Ich habe KFZ-Zulassung und Grundbuch gecheckt", sagte Claudia. „Wir haben einen *Porsche Cayenne Turbo*. Neuwagen. Zugelassen dieses Jahr. Und wir haben ein Penthouse in der Nähe vom Potsdamer Platz für 430.000 Euro." Matthias erzeugte diesen typischen Pfeifton, mit dem ein Erstaunen ausgedrückt wird. „Leck mich fett", polterte er los. „Bitte Simon. Darf ich diese beiden Karten an die Tafel heften?", witzelte er weiter. „Mach Du mal", antwortete Simon trocken. „Also los. Die Kollegen in Hamburg informieren und einen Durchsuchungsbefehl für das Penthouse", fuhr er fort. „Und wir haben im Grand Hyatt unsere Hochzeitsnacht verbracht. Unglaublich, da war Martin wahrscheinlich nur einen Katzensprung entfernt."

Die Anordnung für eine Durchsuchung von Martins Penthouse war eine reine Formsache. Die drei Kommissare betrieben einen ähnlichen Aufwand wie bei der ersten Wohnung. Allerdings blieb den Polizisten die Anwendung von Gewalt erspart, um sich Zutritt zu dem Penthouse zu verschaffen. Das Gebäude, welches Wohnungen und Büros beherbergte, verfügte über ein Facility Management. Dieses war zwölf Stunden am Tag vor Ort und in der restlichen Zeit über eine Notrufnummer zu erreichen. Die Wohnungen waren mit elektronischen Türschlössern versehen. Und die richterliche Anordnung reichte aus, damit die Mitarbeiter vom Gebäudedienst die Tür zu Martins Penthouse öffneten. „Hier sieht es nicht so aus, als ob Martin diesen Ort fluchtartig verlassen hätte", stellte Matthias fest. „Alles sehr ordentlich und aufgeräumt", ergänzte Claudia. „Gut. Wir suchen nach Akten und Wertgegenständen. Diese stellen wir komplett sicher", sagte Simon.

Die Auswertung des beschlagnahmten Materials brachte die Ermittler nur bedingt weiter. Zahlreiche Unterlagen, die auf verschiedene Konten in der Schweiz hinwiesen. Für die Vorbereitung der Anklage wegen Steuerhinterziehung sicherlich hilfreich. Aber es gab keine konkreten Hinweise auf den aktuellen Aufenthaltsort von Martin. Die Kollegen aus Hamburg meldeten sich. Martins *Porsche Cayenne* wurde sichergestellt und durchsucht. Mehrere hochwertige

Mobiltelefone im Kofferraum. Aber keine weiteren persönlichen Gegenstände und somit gab es auch hier leider keine neuen Erkenntnisse. „Gibt es eigentlich schon ein Ergebnis zu den Kreditkarten?", fragte Simon. „Diese Spur endet auch in Hamburg", antwortete Claudia. „Mit der Hotelbuchung hat Martin zum letzten Mal eine seiner Kreditkarten benutzt." Simon dachte nach. „Das wussten wir schon und bringt uns auch nicht weiter", sagte er nüchtern. „Wir müssen jetzt unbedingt seinen aktuellen Aufenthaltsort herausfinden", fuhr Simon fort. „Simon. Wir zermartern uns schon die ganze Zeit die Köpfe", sagte Claudia. „Aber irgendetwas muss uns doch weiterhelfen. Verdammt noch mal." Claudia erschrak, weil Simon mit dem letzten Satz deutlich lauter wurde. Er bemerkte ihre Reaktion. „Entschuldige bitte, Claudia", sagte er viel ruhiger. „Ich weiß doch, dass wir alles menschenmögliche unternehmen." Matthias machte einen Schritt auf Simon zu. Er klopfte ihm auf die Schulter. „Wir werden diesen Schweinepriester schon kriegen", sagte er voller Überzeugung. Simon schaute erst zu Claudia und dann zu Matthias. „Danke für alles. Ich arbeite sehr gerne mit Euch zusammen", sagte er. Wie so oft, war es wieder spät geworden. Die drei Ermittler sorgten für Ordnung auf ihren Schreibtischen. Sie schnappten sich ihre Jacken. Beim Verlassen des Büros schaltete Claudia das Licht aus.

Martin war bemüht, einen kühlen Kopf zu behalten. Die Polizei war ihm dicht auf den Fersen. Das konnte er spüren. Martin ging seinen Fluchtplan noch einmal Punkt für Punkt durch. Jetzt kam es darauf an, keinen Fehler zu machen. Genau dafür hatte er den Plan so akribisch vorbereitet. Die Verpackung mit dem Haarfärbemittel lag aufgerissen auf dem Tisch. Martin hatte den Inhalt ausgeschüttet. Eine

Anwendungsflasche, eine Tube, ein Plastiktütchen, ein Paar Schutzhandschuhe und die Gebrauchsanleitung. Nachdem Martin diese sorgfältig durchgelesen hatte, ging er in das Badezimmer. Schon jetzt war Martin froh darüber, diese Prozedur nicht regelmäßig wiederholen zu müssen. Er zog sich die Plastikhandschuhe über und begann die Mischung zuzubereiten. Erst den Inhalt der Tube, dann den Inhalt des Plastiktütchens in die Anwendungsflasche kippen. Danach gut schütteln und den ganzen Schlotter auf das trockene, nicht vorgewaschene Haar auftragen. Jetzt Strähne für Strähne gleichmäßig verteilen, dabei gut einmassieren. Nach einer halben Stunde gut ausspülen und fertig. Martin schritt vor den Spiegel und erschrak. Aber nur kurz, jetzt staunte er. Vorhaben gelungen. Eigentlich wollte Martin mit dem Taxi zum Flughafen Berlin Tegel fahren. Er hatte ein ungutes Gefühl. Deshalb fuhr Martin mit der U-Bahn bis zum Ernst-Reuter-Platz und dann weiter mit dem Bus direkt zum Flughafen. Auf den großen Anzeigetafeln in der Haupthalle fand Martin schnell seinen gebuchten Flug nach London. Von dort aus ging es weiter nach Rio de Janeiro. Er hatte noch etwas Zeit, bis die Check-In-Schalter von *British Airways* öffneten. Martin fand Platz in einem Bistro und genoss einen doppelten Espresso. Gegenüber entdeckte er ein großes Geschäft, welches Bücher, Zeitungen und Zeitschriften anbot. Hier verbrachte Martin eine knappe halbe Stunde. Er verließ den Laden mit drei Büchern, zwei Tageszeitungen und acht Zeitschriften. Er hatte eine lange Reise vor sich. Die Schlange vor den Schaltern war nicht lang. Die Wartezeit war erträglich. „Guten Tag", hörte Martin die freundliche und gutaussehende Frau sagen. „Hallo", antwortete er kurz und legte die Reisedokumente auf den Tresen. „Wie viele Gepäckstücke möchten Sie aufgeben?", fragte die Mitarbeiterin am Schalter. „Ich reise heute nur mit Handgepäck", sagte Martin. Die Frau gab die Dokumente zusammen mit der Bordkarte zurück. Martin bedankte sich. Er ging zurück in die Haupthalle und schaute erneut auf die Anzeigetafeln.

Claudia und Simon saßen an ihren Schreibtischen, als Matthias in das Büro stürmte. Er war aufgeregt. „Es geht los!", prustete er heraus. Claudia und Simon sahen sich verdutzt an. „Martin hat gerade für einen Flug nach London eingecheckt", fuhr Matthias fort. Claudia und Simon sprangen gleichzeitig auf. „Sehr gut, wir haben eine gute Stunde Zeit", sagte Simon. „Holger koordiniert von hier aus den Einsatz", erklärte Matthias. „Wenn wir unterwegs sind, sorgt er für die Verstärkung und informiert die Kollegen der Bundespolizei auf dem Flughafen." Die Drei liefen durch die Flure in Richtung Aufzug, der direkt in die Tiefgarage führte. Dort wartete bereits Sascha mit zwei bereitgestellten Fahrzeugen. Die Motoren liefen bereits. Holger hatte ihn als erste Unterstützung angefordert. Claudia und Matthias hechteten in das eine, Sascha und Simon in das andere Auto. Als sie die Ausfahrt der Tiefgarage erreichten, schalteten sie Blaulicht und Sirene an. Die Strecke vom LKA zum Flughafen betrug 18 Kilometer, der größte Teil davon auf der Autobahn. Hierbei handelt es sich allerdings um die Berliner Stadtautobahn. Abschnittsweise mit bis zu fast 200.000 Kraftfahrzeugen pro Tag, eine der am meisten befahrenen Straßen in Deutschland. Mit Hilfe der Sirene bahnten die beiden Fahrzeuge sich ihren Weg durch den Stau. Holger meldete sich über Funk zu Wort: „Kurze Zusammenfassung. Die Bundespolizei hat sich strategisch auf dem Flughafengelände verteilt. Eine Einheit sichert die Bushaltestellen. Eine weitere Einheit befindet sich in der Haupthalle am Übergang zum Terminal A. Claudia und

Matthias. Ihr werdet dort erwartet. Ich erwarte, dass ihr beide den Einsatz im Terminal leitet." Claudia sah kurz zu Matthias rüber. Der konzentrierte sich aber voll und ganz auf die Fahrt. „Alle Ausgänge sichern. Und die Suche nach dem Täter am Flugsteig 12. Sascha und Simon. Ihr werdet von der letzten Einheit am Terminal D erwartet. Direkt vor dem Tunnel zur Ausfahrt kontrolliert ihr alle Fahrzeuge und alle Fußgänger, die den Flughafen verlassen möchten." Die Autos rasten über die Ausfahrt zum Flughafen. An der Zufahrt zum Terminal A trennten sie sich, wie von Holger gewünscht. Simon schaute flüchtig auf das Display seines Mobiltelefons. Die Kollegen der Bundespolizei hatten die Ausfahrt bereits auf eine Spur verengt. Sascha kümmerte sich darum, die Polizisten für eine Kontrolle der Fußgänger einzuteilen. Simon sprach kurz mit den Einsatzkräften, die notdürftig den Kontrollpunkt für Fahrzeuge eingerichtet hatten. Danach ging er zu Sascha, und zeigte ihm die SMS. Claudia und Matthias fuhren weiter in den Innenhof des Terminals. Eine komplette Runde, an allen Flugsteigen vorbei. Sie platzierten sich direkt hinter dem Flugsteig 14 am Eingang zur Haupthalle.

Martin hatte die Sicherheitskontrolle hinter sich gelassen und saß im Wartebereich. Zwei Mitarbeiter standen am Ausgang zur Passagierbrücke, welche direkt zum Flugzeug führte. Eine Lautsprecherdurchsage wies die Wartenden darauf hin, dass das Flugzeug nun zum Einsteigen bereit war. Martin hatte den Eindruck, dass alle gleichzeitig von ihren Sitzen aufsprangen, nur um sich in einer Warteschlange vor der Passagierbrücke neu zu formieren. Martin blieb sitzen. Als nur noch wenige Reisende warteten, stand er auf und reihte sich in die Schlange. Nach nur wenigen Sekunden hatte er die Kontrolle der Bordkarte überstanden und betrat das Flugzeug. Die Stewardess begrüßte Martin und schaute auf seine Bordkarte. „Das ist gleich hier links", sagte sie zu Martin. Er bedankte sich, verstaute die Tasche in dem Gepäckfach und ließ sich auf den Sitz plumpsen. Er schnallte sich an. Er nahm die Karte mit den Sicherheitshinweisen und schaute sie sich an. Jedes Mal, wenn er so eine Karte in den Händen hielt, musste Martin an den Film *Fight Club* mit *Edward Norton* und *Brad Pitt* denken. In einer Szene wurden von dem Reinigungspersonal diese Karten ausgetauscht. Die Abbildungen zeigten Passagiere bei den verschiedenen Notfallsituationen in absoluter Panik. So war auf jedem Bild bereits Feuer an Bord ausgebrochen. Die Passagiere prügelten sich auf dem Weg zum nächsten Notausgang. Kindern wurde nicht geholfen. Martin musste lächeln. Wahrscheinlich war das die realistischere Version. Er legte die Karte mit den Sicherheitshinweisen zurück und nahm das Bordmagazin. Martin blätterte darin und überflog lediglich die Berichte. Weiter hinten im Heft fand er Karten mit den weltweiten Flugverbindungen. Er verfolgte mit dem Finger von Berlin aus seine bevorstehende Reise.

Claudia und Matthias trafen die Kollegen der Bundespolizei vereinbarungsgemäß am Übergang zu der Haupthalle. Nach einer kurzen Einsatzbesprechung, besetzten jeweils zwei Polizisten immer einen Ausgang. Vier weitere Polizisten begleiteten Claudia und Matthias zum Flugsteig 12. Dort angekommen, bemerkten sie, dass die Passagiere bereits begonnen hatten in das Flugzeug einzusteigen. Claudia ging zu den Mitarbeitern der Sicherheitskontrolle. „LKA im Einsatz. Wir vermuten einen Verdächtigen an Bord dieses Flugzeuges. Wir benötigen sofort Zutritt zum Flugzeug, die Einsatzkräfte der Bundespolizei begleiten uns", sagte sie. Der Kontrolleur sah verunsichert seinen Kollegen an, aber öffnete die Absperrung dann sofort. Matthias legitimierte sich gegenüber dem Personal an der Zugangskontrolle zum Flugzeug und erklärte ihnen die Situation. „Ich möchte meine Kollegen an Bord gerne informieren, geht das in Ordnung für Sie?", fragte der Mann und griff zum Telefon. „Ja, natürlich", antwortete Matthias. „Wir möchten ja die Passagiere nicht unnötig beunruhigen." Am Eingang des Flugzeuges wurden die Polizisten von dem Kapitän und der Chef-Stewardess empfangen. „Immer wieder was neues", sagte der Pilot. „Na so bleibt es spannend", antwortete Claudia. „Ich habe mein Team informiert, der Vorhang zur Kabine ist geschlossen", sagte die Stewardess. Matthias zeigte ein Foto von Martin. „Bitte informieren Sie die Fluggäste", forderte Claudia. Die Stewardess griff zum Mikrofon und begann mit der Durchsage. Der Kapitän ging zurück in das Cockpit. Die Polizisten platzierten sich direkt hinter dem Vorhang. Matthias wandte sich zu den Kollegen der Bundespolizei. „Ihr zwei bleibt bitte hier vorne und ihr zwei stellt Euch an die hinteren Ausgänge. Claudia und ich gehen durch die Reihen und versuchen den Verdächtigen zu identifizieren", sagte er. „Wir sind in einem Flugzeug. Mit großer Sicherheit, können wir davon ausgehen, dass er unbewaffnet ist", ergänzte Claudia.

Martin hatte die Augen geschlossen. Für ein paar wenige Sekunden war er sogar eingedöst. Martin sah sich an einer Strandbar, wie er einen Cocktail schlürft. Er öffnete die Augen. Das Flugzeug stand noch auf der Parkposition. Der zugezogene Vorhang wackelte leicht. Martin stellte sich vor, wie sich die Stewardessen fast auf die Füße treten mussten, um in diesem engen Raum die Verpflegung für die Passagiere vorzubereiten. Jetzt konnte er sehen, dass eine Hand zum Vorhang griff, um diesen zu öffnen.

Die Stewardess war mit ihrer Durchsage fertig. „Also los!", sagte Matthias und zog den Vorhang auf. Zwei Beamte der Bundespolizei gingen zügig bis an das hintere Ende des Flugzeuges. Claudia und Matthias beobachteten die Fluggäste. Langsam schritten sie Reihe für Reihe ab.

Martin beobachte die Stewardess, wie sie den Vorhang öffnete und mit einer Schlaufe befestigte. Danach öffnete sie das vorderste Gepäckfach. Zum Vorschein kamen die bekannten Utensilien, um die Passagiere mit den Sicherheitsvorkehrungen vertraut zu machen. „Guten Tag und herzlich Willkommen auf ihren Flug nach Amsterdam", ertönte eine Durchsage aus den Lautsprechern.

Claudia und Matthias hatten die letzte Sitzreihe hinter sich gelassen. „Das glaube ich einfach nicht", sagte Claudia. „Es sieht wohl so aus, dass dieser Schweinehund uns überlistet hat", fügte Matthias hinzu und griff zu seinem Funkgerät. Nachdem er die aktuelle Situation gemeldet hatte, bekamen sie die Aufforderung zum Rückzug. Claudia und Matthias gingen zusammen mit den beiden Bundespolizisten wieder nach vorne. „Vielen Dank für Ihre Unterstützung", sagte Claudia zu der Chef-Stewardess. „Wir wünschen Ihnen einen guten Flug", ergänzte Matthias. Sie verabschiedeten sich von der Crew und gingen durch die Passagierbrücke zurück in den Wartebereich des Flugsteiges. Noch immer verunsichert über das so eben Erlebte, standen die sechs Polizisten an einem, zurzeit nicht benutzten, Kofferband.

Sascha und Simon unterstützten die Bundespolizei bei der Kontrolle an der Ausfahrt des Flughafens, als sie die Funkmeldung von Matthias hörten. „Jetzt bleiben uns nur noch wenige Möglichkeiten", sagte Simon. „Wir wissen, dass sich Martin für den Flug nach London eingecheckt hat", murmelte Sascha. „Wahrscheinlich hat er direkt im Anschluss den Flughafen verlassen", mutmaßte Simon. „Wir sollten trotzdem die Überprüfung hier an der Ausfahrt verstärken. Für alle Fälle", schlug Sascha vor. „Dann bleibt uns nur noch die SMS von unserem V-Mann", sagte Simon. Sie riefen Holger an und brachten ihn auf den neuesten Stand. Martin war seit heute früh in Besitz von gefälschten Dokumenten. Sie gaben Holger den Namen, welchen sie von ihren Informanten erhalten hatten. Kurze Zeit später meldete sich Holger zurück. „Volltreffer! Eingecheckt auf einen Flug nach Amsterdam. Terminal D, Flugsteig 72. Einsatz und Zugriff!", befahl Holger. Sascha und Simon benötigten nur wenige Minuten. Auf dem Weg durch das Parkhaus zum Terminal D funkten sie Claudia und Matthias an. Am Flugsteig angekommen, das gleiche Prozedere. Legitimation an der Sicherheitskontrolle und informieren, worum es ging. Das Bodenpersonal war nicht mehr anwesend. Die Flugzeuge stehen hier nicht direkt am Terminal. Ein Bus transportiert die Passagiere vom Flugsteig über das Flugfeld zum Flugzeug, welches an einer Außenposition parkt. Jetzt trafen auch Claudia, Matthias und die Kollegen von der Bundespolizei ein. Diese hatten auf ihrem Sprint hierher, ein Einsatzfahrzeug zum Flugsteig 72 beordert. Sascha, Simon und zwei Bundespolizisten sprangen in das Auto. Claudia, Matthias und die beiden anderen Beamten der Bundespolizei blieben am Ausgang zurück. Eines von diesen schwarz-gelb karierten Fahrzeugen fuhr voran und wies den Weg zum Flugzeug. Mit Blaulicht und Sirene raste das Polizeifahrzeug hinterher.

Einzelne Passagiere bemerkten die Fahrzeuge. Es dauerte nicht lange, und eine große Unruhe machte sich unter den

Fluggästen breit. Die Crew bemühte sich, eine Panik zu verhindern. Martin dachte kurz nach. Er öffnete seinen Sicherheitsgurt und stand langsam auf. „Die suchen mich!", rief er. Er hob beide Hände und ging langsam den Gang nach vorne. Die Stewardess öffnete die Tür. Die Polizisten betraten das Flugzeug. Die Stewardess zeigte auf Martin. Simon ging ihm entgegen. „Sie sind festgenommen. Legen Sie ihre Hände auf den Rücken", rief er. Martin lies sich ohne Widerstand die Handschellen anlegen. Die Passagiere applaudierten.

Die Sonne schien durch das kleine Fenster und auf dem Tisch vor sich hatte Martin den Schreibblock platziert. „In meinem Leben habe ich nicht immer alles richtig gemacht", war auf die erste Seite gekritzelt. Martin lehnte sich zurück, zog an seiner Zigarette, stieß den Qualm nur langsam aus und versuchte dabei Ringe zu formen. Die Gitter an dem Fenster warfen Schatten auf den Tisch. „Wenn ich die Wahl hätte, ich würde alles anders machen", hatte Martin direkt unter den ersten Satz geschrieben.

Der Autor

Dirk Hansen, Jahrgang 1972, ist in Berlin geboren und aufgewachsen. Nach einer zehnjährigen beruflichen Stippvisite im Rheinland lebt er mit seiner Familie in dem Berliner Ortsteil Heiligensee.

Er ist er ein großer Fan der Fußballmannschaft von Hertha BSC und verfolgt mit Freude die aktuellen Erfolge der "alten Dame" im Oberhaus der Fußball-Bundesliga.

Seit 1997 ist Dirk Hansen im Vertrieb von erklärungsbedürftigen Investitionsgütern tätig, aktuell verantwortet er das Vertriebsgebiet Ost für ein mittelständisches Maschinenbau Unternehmen mit Sitz im Sauerland.

Alles Anders ist der Debütroman von Dirk Hansen.

Der Autor im Internet

www.dirkhansen.de

Der Autor auf Facebook

www.facebook.com/autordirkhansen